不遇スキルの錬金術師、辺境を開拓する

Fugu-Skill no Renkinjyutsushi, Henkyowo Kaitaku suru

貴族の三男に転生したので、
追い出されないように
領地経営してみた

Tsuchineko

つちねこ

Main Characters
主な登場人物
ギガントゴーレム
デカい。強い。黒い。
チチカカ
川リザードマンの長。めちゃくちゃ弱い。
アリス
クロウの幼馴染の女の子。剣が得意。
ラヴィ
狼の魔物。可愛い。

バルジオ
沼リザードマンの親分。
獰猛《どうもう》な性格で
手に負えない。
クロウ
不遇スキル持ちのため、辺境に
追いやられた貴族の三男坊。
錬金術と前世を知識を生かして、
数々の奇跡を起こしていく。
ラリバード
魔の森に棲《す》む鳥の魔物。
鳴き声が変。

1　不遇《ふぐう》スキルを授かった貴族の三男坊

貴族にとって、魔法の属性スキルはとても重要なものだ。

王に仕える者として、他国の兵、盗賊、魔物などから領土を守るため、前線に立たなければならないからだ。

エルドラド家も例外ではない。伯爵《はくしゃく》という爵位《しゃくい》を賜《たまわ》っている以上、王国のため、また与えられた領地を守るため、強力なスキルを当たり前に求められる。

二人の兄さんは、それぞれ火属性と風属性という強力なスキルを得ている。そして専属の魔法使い、剣術指南役《しなんやく》を家庭教師に付け、得意とする技に磨《みが》きを掛けているのだ。

長男のホーク兄様は強力な火属性魔法のスキルを持っており、王都の魔法学園でも一、二を争う逸材《いつざい》と言われている。

次男のオウル兄様は風属性の身体補助魔法を活用した剣術を鍛え上げ、昨年、王都で行われた剣術大会の少年の部で優勝した。家庭教師からの評価は高く、その将来を嘱望《しょくぼう》されている。

そして僕、三男坊のクロウはというと――

十二歳となった僕は、スキル授与の儀式に参加するため、お父様と執事のセバスと共に王都にある神殿へと馬車で向かっている最中である。

初めての遠出《とおで》ということで、窓から見える自然いっぱいの景色を楽しむ僕。さすがに二週間も経つ頃には飽き飽きしていたのだけど。

そんな時だった。

突如、頭痛にもがき苦しむこととなったのは。


「あ、頭が……ぐはっ」

頭が割れるように痛い。さっきまで何ともなかったのに、突然の痛みに自分の身に何が起こっているのかもわからない。

「ク、クロウお坊《ぼ》っちゃま。いかがなされました？」

鈍器《どんき》で叩かれているかのような強烈な痛みに、脂汗《あぶらあせ》が止まらない。

まさかこの若さで死んでしまうのか……

「ぼ、僕、死んじゃう。セバス、ま、まだ、死にたくないよ……」

「ああー、クロウお坊っちゃま！　すぐに回復魔法をお掛けします」

意識が朦朧《もうろう》とするなか、僕の頭の中には新しい知識が次々と入ってきていた。とんでもない量の情報が一気に脳内に入り込んで、脳がパンクしそうになっている。

激しい頭痛と高熱で、頭がまったく働かない。

その多すぎる情報に混乱した僕は、全てを処理しきれずに、どうすることもできないまま意識を手放した。

「だ、誰か！　す、すぐに馬車を停めてお薬を」

◇

その後、僕が目を覚ましたのは、王都に着く一日前だった。

「ようやくお目覚めになられましたか。私の回復魔法も効かず、何日も高熱が続いておりました。私はもうダメではないかと……」

「心配を掛けたみたいだね、セバス。もう大丈夫だよ。すまないけど、水を一杯もらえるかな？」

「は、はい。私はフェザント様にご報告してまいります」

フェザントとはお父様のことだ。お父様は僕のスキル授与式に付き添うため、後方の馬車に乗っていた。

意識不明の重体に陥《おちい》った僕のせいで、かなり心配させてしまったようだ。お父様以外にも多くの方に迷惑を掛けてしまったな。あとで、みんなにお詫《わ》びしなければ。

「あー、水が美味《おい》しい。生き返るね」

一旦《いったん》休憩を挟むことになったようだ。これまで頑張ってくれたお馬さんたちのお世話を手伝ってあげようと思う。

それはさておき、頭も少しはスッキリしたし、情報を整理しようか。

信じられないことに、僕の頭の中に前世で日本人として生きていた時の知識が入ってきた。それがクロウとして生きてきたこの世界の知識と合わさり、何とも不思議な感覚だ。

何で今になって前世の記憶が戻ったのか、それはわからない。けれど、この世界で生きていくうえで、かなり利用価値の高いものになるだろう。これから手に入れるスキルと合わせることで、僕の人生はがらりと変わっていくに違いない。

続いて、僕たちが今向かっている王都のエールデル神殿についてだ。

そこでは、その年に十二歳となる子供たちが集められ、スキルが授与されていくという。といっても、エールデル神殿に集《つど》うのは貴族や裕福な商人の子供たちだけ。どの神殿でもスキルの授与自体は可能なのだ。

なぜ、貴族や裕福な商人の子供たちだけエールデル神殿なのか。

それは、授与されたスキルを秘匿《ひとく》するため。

もちろん、貴族や裕福な商人の子供たちであろうと、スキルが火属性スキルなどの四大属性ならば、周囲に広く喧伝《けんでん》する。

だけど、残念なスキルをもらってしまった場合は、外部に漏《も》らさないように隠す。そのため、情報管理が徹底されているエールデル神殿にわざわざ向かうのだ。

素晴らしいスキルを得た際は、そのまま披露することもある。王都でお披露目する理由は、多くの貴族が別邸を持っているからだ。

王都周辺に領地を持つ有力な貴族たちは、国の政治に参加し家臣として王を支えている。まあ、我が家の領地は辺境なので、魔物を狩ったりするのが役割だったりするのだけどね。

「クロウお坊っちゃま、ようやく王都が見えてまいりました」

セバスの声に馬車から上半身を乗り出して前方を確認すると、数十メートルと思われる巨大な城壁で囲われたとんでもない規模の都市が見えてきた。

「これが、王都ベルファイアなんだね。まだ結構離れているのに城壁の高さに圧倒されるね」

「クロウお坊っちゃま、王都に着きましたらすぐにエールデル神殿に向かうことになっております。長旅でお疲れのところ大変申し訳ございませんが、どうかお許しください」

僕に授与されるスキルによって滞在中のスケジュールが変わってしまうのだから、これはっかりはしょうがないだろう。

目覚めたばかりとはいえ、まだ頭が重い。可能であれば一日ベッドでゆっくりと体を休めたいところだけど、僕のわがままでスケジュールを変更するわけにはいかないのだ。辺境の領主であるエルドラド家にとっては、滞在費も馬鹿にならないしね。

「うん、大丈夫だよ。僕も自分に授与されるスキルは気になるしね」

馬車が貴族専用のゲートを抜けていく。どうやら先触れを出していたことと、馬車に大きく描かれているエルドラド家の鳥の紋章でその許可を得ているようだ。

馬車はそのまま停まることなく進んでいき、王都中央から東エリアに広がるエールデル神殿に到着した。

神殿は色とりどりの鮮やかなタイルやガラスで装飾されていて、とても美しい外観をしている。

やはり王都の教会だけあって、多くの貴族から支援されているのだろう。

ここで僕の得られるスキルが判明する。貴族家系である僕は有力な攻撃魔法スキルを手に入れる可能性が高い。それは二人の兄のスキルを見ても言えることだ。

攻撃魔法スキルとして有名なのは――ホーク兄様の持つ火属性、オウル兄様の持つ風属性。他に水属性、土属性があって、それら四つは四大属性魔法と呼ばれている。僕がもらえるのはどのスキルなのだろう。

お父様が声を掛けてくる。

「クロウ、もう体調は大丈夫か？」

「はい、お父様。ご迷惑をお掛けいたしました。熱も下がり、体調も問題ございません」

「ふむ、では行くぞ。セバス、神殿に渡すお布施《ふせ》を準備しておきなさい」

「かしこまりました」

神殿を奥へと進んでいくと、煌《きら》びやかな衣装をまとった神官様がお出迎えしてくれる。

辺境とはいえ、貴族のお坊っちゃまのスキル授与式なので、それなりの対応をしてくれているのだろう。

「フェザント・エルドラドだ。息子クロウのスキル授与をよろしく頼む」

「お待ちしておりました、エルドラド辺境伯様。準備の方は整っておりますので、どうぞそのまま奥へとお進みください」

通路を抜けた先には祭壇のような物があり、その手前に大きな水晶が鎮座《ちんざ》していた。この水晶が僕のスキルを教えてくれるのだ。

案内してくれた神官様がすぐに扉を閉め、指示を出して人払いをしていく。

僕のスキルが外部に漏れないようにしてくれているのだ。

「それではクロウ様、どうぞこちらへ」

水晶の前に立った神官様に呼ばれ、僕はゆっくりとその場所へと歩いていく。

これで僕も魔法が使えるようになる。うちの家系なら四大属性は間違いないはずだ。

現代日本の知識が芽生《めば》えた僕にとって、魔法というものには多少なりとも憧れがある。何もないところから、火や水を出すことができるのだからね。

ホーク兄様の火魔法は一面を焼き尽くす炎を撃ち出していたし、オウル兄様の風魔法は自身の身体能力を風の力で補強し、スピードに特化した剣技を披露していた。

あまり危ないことをしたいとは思わないが、貴族として人並みのスキルを得られたらとは思っている。

「それでは、この水晶に手のひらをかざして魔力を流してください」

「は、はい」

魔力の流し方は、行きの馬車の中でセバスから教わっていた。体の中に流れている魔力を感じ、両手に意識を向けているとゆっくりと魔力が集まってくる。これを水晶に向けて放出していくのだ。

とはいっても、この水晶自体にも魔力を吸収する力があるそうなので、無理に魔力を流さなくても勝手に魔力が吸われていくらしい。

神官様が告げる。

「こ、これは、珍しいダブルスキル持ちでございます」

「ほう、さすが我が息子だ。二つもスキルを授かったか」

どうやら、複数のスキルを授かるのは稀《まれ》なことらしく、お父様も頬《ほほ》が緩んでいる。

「では、クロウ様のスキルを発表させていただきます。一つ目のスキルは鑑定《かんてい》。それから、次は、次は……錬金術《れんきんじゅつ》でございます」

鑑定と錬金術。

この世界の知識で語るならば――それは完全にハズレ、不遇スキルと言わざるをえない。

「な、何と……」

セバスも絶句してしまっている。

お父様は――頭を抱えているな。

「鑑定に錬金術だと……思いっきりハズレスキルではないか。鑑定などといったスキルは聞いたこともないし、錬金術など使えない魔法使いがポーションを作るだけのスキルであろう」

「フェザント様、声が大きいです。それよりも、早くこちらを」

「そ、そうだな。すまぬ、セバス。神官殿、このことはどうか内密《ないみつ》に願いたい」

そう言って、お父様は目の前の神官様にお金を渡した。神官様が慣れた手つきで懐《ふところ》にお金をしまっているところを見ると、これはよくあることなのだろう。

貴族社会は見栄《みえ》が何より重要で、このような不遇スキルを授かったことが知られたら、馬鹿にされるどころではない。

弱みを見せることは、エルドラド家にとってマイナスなのだ。

……だが、鑑定に錬金術か。

前世の知識を持つ僕には、そこまで悪いスキルには思えない。ただ、この世界のクロウの知識からすると、恥ずかしくて死にたくなるぐらいに残念な不遇スキルのようだ。

鑑定スキルは文字通り見た物を調べてくれるスキル。現代日本の知識のある僕にとっては強力なスキルに感じられる。

僕の考えが正しければ、スキル練達度が上がれば価値や情報が詳細にわかるレアスキルに育っていくはずだ。

それから、錬金術スキル。これだって僕からしたら汎用性《はんようせい》の高いスキルに感じる。

試しに鑑定スキルを使って錬金術スキルを調べた結果はこうだ。

【錬金術】
様々な物を組み合わせ、調合することで別の物質を作り上げる。主にポーションの精製などに利用されるスキルとされている。
魔力との交換により、物質を変化させることができる。

うむ、早速《さっそく》鑑定スキルが役立っている。

確かに、攻撃的なスキルを手に入れることはできなかったわけだけど、これはこれでやりようがあるのではないか。

これも前世の知識を手に入れた僕だからこそ、そう思えるのだろう。せっかく知識があるのだから、このスキルを駆使していろいろなことを試してみたい。

◇

王都に用があるお父様はそのまましばらく残ることになったので、帰り道も行きと同様に、セバスと二人きりで馬車の中だ。エルドラド家の執事としては、お父様の助けになるよう王都に残った方がいいのではと思うのだけど、もとより僕と戻る予定だったらしい。

いや、正確には四大属性魔法のスキルを得た場合は、お披露目等の準備が必要だったわけで、僕専用に付いていたということか。

うちは領地が辺境にあるため、なかなか王都に来ることができない。そんなわけで、久々に王都に顔を出すお父様はいろいろと忙しい。

本来なら僕の顔見せ的なことも考えていたのかもしれないけど、不遇スキルの三男坊のために大事な時間は割《さ》けないのだ。

「クロウお坊っちゃま、スキルにつきましては大変残念でございました。これからしっかり知識を蓄《たくわ》えてエルドラド家を支えられますよう進言させていただきます」

セバスとしては、領地を守る武力がないのだから他で役に立てるようになりなさいということなのだと思う。

もっと言えば、頭を使う以外にお前が生きる道はないのだと言われているに等しい。

実際、甘えん坊の三男坊として育った僕は、これまでたいして勉強もしてこなかったし、剣もほとんど握ってこなかった。

クロウ的には魔法で活躍するつもりだったみたいだけどね。

「そうだね、セバス。僕としても今まで領地を見てきて、いろいろと思うところはあった。スキルが武に恵まれなかった以上、せめて領民の役に立てるよう力を注ぎたい。エルドラド家自体は父上と兄上たちがまとめ上げてくれるだろう」

「!? そ、そうでございますね……このセバス、老骨《ろうこつ》に鞭打《むちう》ってクロウお坊っちゃまのお勉強のお手伝いをさせていただきます」

いやいや、セバスも結構な歳なんだから、そこまで張りきらなくてもいいんだよ。

僕的には、攻撃的な魔法をバシバシ使えないのはとても残念だけど、でも面倒な貴族社会から一足先に抜けだせたのは良かったと思ってる。

それに、辺境で安全にのんびり生きていくことの方が向いていると思うしね。

他国との戦争とか怖いし、魔法が飛び交う戦いとか無理だよ。

僕は領地でぬくぬく生きていこう。争い事は優秀な兄上たちに任せておけばいいのだ。

◆

長兄のホーク様、次兄のオウル様と四大属性魔法のスキルを手に入れているだけに、クロウお坊っちゃまに対する期待が大きかったのは——フェザント様だけでなく、長年エルドラド家に仕える執事である私、セバスもそうでありました。

亡《な》きエリザベート奥様の家系が魔力に秀《ひい》でていたから、クロウ様も素晴らしい属性魔法スキルを手に入れるものだと誰もが信じて疑わなかったのです。そのシルバーブロンドの髪、そして蒼《あお》い瞳の色とエリザベート様そっくりで、同じ年頃の子と比べて魔力量も多かったのですから。

宮廷魔術師になるという戯言《ざれごと》もクロウお坊っちゃまが言うと、どこかありえる話なのではないかと思っておりました。

しかしながら与えられたスキルは――鑑定スキルと、卑《いや》しい魔法使い崩れが持つと言われる、ポーション作り専門の錬金術スキル。

本当に残念でなりません。

しかし、この旅を通じてクロウ様に大きな変化が起きております。

往路では馬車の旅に飽きてお菓子をねだり、甘い飲み物を片手に好き放題暴れていたのに、この帰り道では穏やかに大人しく領地のことを憂《うれ》えているではありませんか。

いや、王都に着く少し前からその様子はおかしかったのでございます。

そう、あれはクロウお坊っちゃまが突然の激しい頭痛と高熱から目を覚まされてからです。

私の回復魔法も効果がなく、王都の医者に診《み》せるべく馬車を無理に飛ばしていたため、休憩を挟むこととなったのですが、そこですぐに驚かされました。

「セバス、馬たちの世話を手伝いたい。水と飼葉《かいば》はどこにある？」

「クロウお坊っちゃまは、そんなことをしなくて良いのです。まだ体力も戻っていないでしょう。軽食とお菓子をお持ちしますので、そのままお待ちくださいませ」

「体調はもう平気だよ。僕のせいでみんなにも無理をさせたはずだ。せめてお礼だけでも言わせてくれ」

貴族の子として生まれてはいましたが、まだまだ子供だと思っていただけに、その大人びた言動には大変驚かされました。

そして、帰りの馬車の中で更に驚かされることになります。

領都バーズガーデンに戻るまでの時間にクロウお坊っちゃまと話し合えたことは、まさに天啓《てんけい》だったのではないかと思わずにはいられません。

自身でも残念スキルを得たことで思うところがあったのかもしれませんが、往路の様子からは考えられないほどに穏やかに過ごされておりました。これまでとは別人のように、何か深く考えるように物思いにふけっていらっしゃる。

「セバス、僕はバーズガーデンに戻ったら貴族としてではなく、地方の一領主として生きる道を模索したいと思う。このスキルでは貴族社会を生き抜いていくのは難しい。それであるならば、領地のために僕の一生を捧《ささ》げたい」

「な、何と。そこまで考えておられましたか……」

とても十二歳の子供の発言とは思えません。

つい数日前まで甘味がないと暴れ回っていた子供と同一人物なのでしょうか。

クロウお坊っちゃまにいったい何が起こったのか……

「このままだと数年後には領地から追いだされるだろうし……その前に何かしらの実績を作って、領地でぬくぬくと過ごす道を探したい」

「な、何かおっしゃられましたか？」

「い、いや、何でもないよ、セバス。それよりも、領地経営で試してみたいことがいくつかあるんだけど、相談に乗ってもらえるかな。あと、協力してくれそうな村とかある？」

「……領地経営でございますか。いったいどのようなことをお考えなのでしょうか？」

十二歳の子供が考えるお遊びに、どこまでお付き合いするものか。

そう考えながら話を聞いておりました。しかしながら、その斬新《ざんしん》すぎる考えに大変驚かされました。

これが十二歳の子供の考えることなのかと。

通常であれば真面目に話を聞くこともなかったのかもしれませんが、ここは退屈な馬車の中。細かいところに粗《あら》はございますが、こちらが質問をするとしっかりとした返答が戻ってきます。

どうやら昨日までのクロウお坊っちゃまは、爪を隠した鷹《たか》だったのでしょう。三男坊という立ち位置を理解したうえでの、立ち居振る舞いだった可能性すらございます。

いや、ここまでの構想……かなり前から練っていた可能性があります。

これは面白い。

長年エルドラド家に仕えてまいりましたが、ここまでの才能を見せつけられたことは、フェザント様の父君であられるイーグル様以来かもしれません。

イーグル様はエルドラド家を辺境伯《へんきょうはく》にまで押し上げた武人でしたが、その考えは柔軟で我々が思いもよらない不思議なことを考えられるお方でした。

なぜか、そのイーグル様とクロウ様が重なるように思えてならないのです。

普通に考えれば、跡継《あとつ》ぎは長兄のホーク様。何か不測の事態があった場合に備えて、次兄のオウル様が控《ひか》えております。三男であるクロウ様は騎士や魔法師として王国に仕えるか、はたまた商人として身を立てることになるのが通常でしょう。

ですが、不遇スキルのために騎士や魔法師の道も厳しくなりました。貴族として育てられてきたクロウお坊っちゃまにとって、このまま領地に居続けるのは恥ずべきこと。それゆえ、領地を離れることを前提に考えられるのではと思っておりました。

しかしながら、そのお考えはなんと、領都をあとにするものの領内に残って兄たちの陰《かげ》となり、領地を支えるというご判断！

帰りの馬車で話をしながら、私は、いつの間にかクロウお坊っちゃまに、残りの人生を捧げてみたいと思うようになってしまったのです。

フェザント様でもなく、長男のホーク様でもなく、三男坊であられるクロウ様に。

その後、私は領都バーズガーデンに戻ると、すぐにクロウ様の構想に合う村や土地について調べていったのでした。

◇

「クロウお坊っちゃま、フェザント様がお呼びでございます」

領都に戻り数日が経ち、授与されたスキルにがっかりされた僕、クロウは、バーズガーデンに戻ってきたお父様から呼びだされた。

そして早々に辺境の地に飛ばされることが決定した。

僅《わず》か十二歳で飛ばされるというのもどうかと思わなくもないが、僕のスキルでは騎士学校や魔法学校に通えるわけもない。

というか、このスキルでは貴族社会でバカにされるだけだろう。

特にやることもないのだから、この判断は僕としてもむしろありがたい。

王都からの帰りの馬車の中で、セバスと話し合った様々なことをすぐに試してみたいという気持ちもあったし、頂いたスキルでもっといろいろと試してみたかったのもある。

お父様が戻ってくるまでの間に、錬金術スキルについても自分なりに練習を重ね、それなりに使えるものだとわかってきている。

お父様が僕に告げる。

「残念なことではあるが、クロウには都会の貴族社会で生きていくより、この領地を良くするために力を注《そそ》いでもらいたい」

「かしこまりました、父上」

「ネスト村という、小さな辺境の地を開拓してもらうことになる」

十二歳の子供にいきなり領地から出ていけという話ではなかったので一安心だけど、ある程度早い段階で結果を残さないとすぐに捨てられてしまう可能性がある。まだまだ子供とはいえ、気を引き締めておかねばなるまい。

「それから、セバスがこれを機に勇退を申し出ていてな。お前についていくと言っている。セバスから様々なことを学んで領地経営に生かしなさい」

「セバスが来てくれるのですか？」

これは予想外だった。

セバスはエルドラド家の筆頭執事であり、剣術、魔法、そして歴代の当主に仕えてきた生き字引《いきじびき》として、その経験はエルドラド家になくてはならないもの。

「ん？　嫌がるのではと思ったが、そうでもないのだな。お前たちの勉強から剣術まで厳しく指導していた師でもある。近くにいられたら困るかとも思ったが……」

「そんなことはございません、父上。きっと、村民もセバスの知識や経験を喜ぶことでしょう。それよりも、セバスが抜けた穴は大丈夫なのでしょうか？」

「そんなことを心配するな。セバスの息子たちも育ってきている。ホークたちと共に新しいエルドラド家というものを考えていく時期でもあるだろう」

新しいエルドラド家。跡取りとしては、火魔法を操るホーク兄様、風属性の身体補助魔法を得意とするオウル兄様がいる。三男でしかも不遇スキルしか得られなかった僕に居場所はないのだ。

早い段階で跡継ぎ候補から脱落させられたということなのだろうけど――辺境といえども小さな領地を任されるだけでもありがたいことだ。

まあ、少しだけ悲しくならないこともないが、貴族社会で生き抜いていくには相応の強さは必要不可欠なのだ。

特にうちのような辺境を任される貴族なら、求められるのは圧倒的に武だろう。

エルドラド家は伯爵といっても辺境の地を任される、いわゆる辺境伯と呼ばれる貴族だ。無駄に広い未開拓地を王国から任されている。

今回、僕にとってはこれがプラスに働いたのかもしれない。

貴族社会では生きていけない息子でも、領地内でなら生きていけるように父上が計らってくれたのだから。

辺境の地。つまり、魔物や盗賊なども多くいる危険なエリアということになる。

こればっかりは致し方ない。期待されていない僕に与えられるのは、不遇な地が相応《ふさわ》しいのだ。

「それから、お前が行く場所は魔《ま》の森《もり》の近くにある。それなりに危険なエリアだから、オウルを共に行かせる。あれも、お前のことを気に掛けているのでな。落ち着くまでの間、魔物の討伐や領地を守るのにも役立つであろう」

「オウル兄様がですか⁉」

オウル兄様の風属性魔法を駆使した剣術は、魔の森にいる魔物を駆逐し、領地を守るうえで大いなる助けになってくれることだろう。

「嫌だったか？」

「い、いえ、とても心強く思います。ありがとうございます」

「オウルにも実戦経験をさせる良い機会になるだろう。セバスもいるなら安心して任せられるしな。期限はおおまかに三ヶ月程度としておく。もちろん、状況によっては延長することも認めよう」

「はい、十分にございます」

「実はこの話をした時にホークも一緒に行きたいと言いだしたのだが、あいつは魔法学校高等部への転入準備が控えているからさすがに却下した。兄たちの心遣いに感謝しなさい」

「ホーク兄様まで……」

「開拓資金については、セバスに渡しているからあとで聞いておくように」

「かしこまりました。それでは準備を進めてまいります」

ここからネスト村までは、馬車で一週間程度掛かるそうだ。

魔の森と呼ばれる広大な森林地帯、そしてそれを覆うようにして標高の高いキルギス山脈が広がる。

山脈からは豊富な水が流れ込んでおり、それはバーズガーデンにまで続くユーグリット川となる。

ネスト村というのは、馬車の中でセバスと話をした時に話題に出た村の一つだ。危険なエリアであることを除けば、これほど開拓に適した場所はない。

地下水が豊富にあり、森の恵みもふんだんに手に入れられるのだから。

期待に胸を膨らませながらも出発の準備をする。

といっても、特に準備する物など僕にはない。いくつかの着替えぐらいだろう。基本的な荷物についてはセバスがすでに準備を整えているはずなので、僕はその確認だけで十分だ。

◆

父上からの話が終わったのだろう。クロウはその足で、僕、ホークの部屋まで別れの挨拶《あいさつ》に来た。

「そうか、もう明日、出立《しゅったつ》してしまうのか」

エルドラド家にとって、三男であるクロウの存在は少しだけ特殊である。それは、亡くなったエリザベート母様の血を色濃く受け継いでいるからだろう。

「ホーク兄様も魔法学校高等部への転入準備で忙しいのでしょう。ご活躍を遠くから応援しております」

僕とオウルの髪は父と同じ薄いカラーのブロンドだけど、クロウだけは母と同じシルバーブロンド。また、目鼻立ちも優しい母を思い出すほどにそっくりなせいか、どうにも甘やかして育ててきてしまった。

なので、僕やオウルは、父上からクロウを辺境の地へ行かせる話を聞いた時はもちろん大反対をした。

クロウをそんな危険な地に向かわせるなんてとんでもないと。

しかしながら、父上には何か考えがあるらしく、取り合ってもくれない。

領地に戻ってからセバスと何度も話し合いをしていたことからも、セバスの入れ知恵であることは間違いない。

それにしても……

王都から戻ってきたクロウはどこか大人びたような、落ち着いた雰囲気をまとっていた。

まるでエリザベート母様のように物静かで理知的な表情まで見せるじゃないか。本当に似てきたのだな。

「クロウは王都から戻ってきてから急に変わってしまったな。あそこは確かにいろいろと刺激を受ける場所だとは思うが、兄としては少し寂しく思う」

「ぼ、僕も、もう十二歳ですから。スキルも頂きましたし、領地のためにしっかり働きたいと思います」

スキルか……

確か授与されたのは、鑑定という ただ物を調べるだけのスキルと、錬金術という下級魔法使いがポーション作りをするためのスキル。それだけしか得られなかったと聞いている。

クロウはこれから先、苦労をしながら生きていくことになるのだろう。そのスキルでは貴族社会では生きていけない。

同じ血を分けた兄弟として、僕はいち早くこの領地を豊かにして、少しでも早くクロウを屋敷に戻せるよう力を尽くさなくてはならない。

「僕はオウルのようにクロウの力になれない。だから、せめて贈り物を受け取ってもらえないかな？」

「これは、紅魔石《こうませき》ではないですか。このような高価な物を頂いてしまってよろしいのですか？」

この大きさの紅魔石であれば、売りに出せばそれなりの価格になる。辺境の地で食べる物に困っても、これを売れば商人から食料を買うことができるし、飢《う》えに苦しむこともないだろう。

「僕は宝石とかには興味がないからね。それは、クロウが困った時に使ってくれればいいよ」

「ありがとうございます、ホーク兄様」

貴族の兄弟というのは、後継争いから仲が悪くなるケースが多いと聞く。しかしながら、それは我がエルドラド家においてはまったくない。辺境の地を領土として任されているため、王都近郊の貴族とはその辺の考え方が違うのかもしれない。

まあ、父上が再婚して新たに子が生まれるようなことがあれば、揉める可能性もあるだろう。

まだ三十代後半と若く、武に秀でた父上にはそういった話が多いと聞く。今回、王都に行った際も多くの貴族から声を掛けられ紹介されていることだろう。父上にはまったくその気がないようだけれども。

父上はエリザベート母様を深く愛していた。それは息子である僕らにもわかるほどに。母が病気で倒れた時には、王都から最高位の医師を呼び、手に入りにくいランクの高いポーションを与え続けていたのだ。

結局、母が持ち直すことはなかったが、貴族としては珍しく深い愛で結ばれた両親だったのだと思う。

「クロウは母上のことを覚えているかい？」

「母上ですか。僕が小さい時に亡くなられたので、はっきりと覚えているわけではないですが……優しくて温かくて、いつも笑顔だったような記憶がございます」

「そうだね。きっと病気でつらかった時期だと思うけど、クロウにはその姿を見せないようにしていたんだと思う。そんなエリザベート母様にクロウはとても似ている」

「そ、そうですか。僕だけ、母上と同じシルバーブロンドだからでしょうか」

「うん、容姿はもちろんだけど、最近は何だか性格まで似てきている気がしてならないんだ。今まで母上の面影《おもかげ》を重ねてしまい、随分《ずいぶん》と甘やかしてきてしまった。クロウは辺境の地でやっていけるのだろうか……」

「そ、そうですね。でも、セバスもついてきてくれますし、オウル兄様もしばらく一緒にいてくれます」

「僕も行きたかったんだけど、父上に止められてしまったからね。クロウ、魔の森が近い村と聞いた。決して無茶をしてはいけないよ」

本来であれば、貴族には自らの命を投げだしてでも領民を守らなければならない義務がある。しかしそれは、貴族として攻撃的なスキルを持ち、皆を守れる力を持っているからこそだ。

残念ながら、クロウにはその力はない。オウルがずっとそばにいられるわけでもなく、セバスもいい歳だ。

こんなことを言ってはいけないのは重々承知しているつもりだが、無理をしないでもらいたい。

「お気持ちは十分に。しかしながら、エルドラド家の人間として、僕は領民を守るために力を尽くそうと思います」

「そうか……次に会えるのはいつかな。成長したクロウに会えるのを楽しみにしているよ」

「はい、ホーク兄様」

心配だ。何事もなければいいんだけどね。

2　辺境の地へ出発しよう

翌日、荷物の確認をしようとしたら、さすがはセバスというか、辺境の地へ向かう準備はすでに完璧に整っていた。

というより、過剰なまでに物資が積み込まれていたのだけどね。

「セバス、さすがにやりすぎじゃないかな？」

「おお、クロウお坊っちゃま。ポーション用の瓶《びん》が嵩《かさ》むのでそう見えるだけで、実際には持っていきたい物資の半分といったところでございます」

「そ、そうなんだ」

倉庫から積み込まれている荷物はざっと大型の馬車三台分。これは、僕とお父様が王都へ向かった時と同様のボリュームである。

一応、お父様の許可を得ているのだろうけど、さすがに心配になる量だ。

錬金術師である僕的には、ポーション用の瓶は領地改革の柱として考えているので、ここを削るわけにはいかない。品質を保持する密閉性の高いガラス瓶というのは、この世界では手に入りにくいのだ。

本来であれば、現地生産が理想なのだけど、ガラス加工を得意とする職人に、辺境の地に来てもらうなんて無理がある。しばらくは、バーズガーデンからの仕入れに頼るか、辺境の地でも来てくれる商隊に期待するしかない。

「積み込みは間もなく終了でございます。クロウお坊っちゃまの準備はよろしいのですか？」

「うん、大丈夫だよ。ところで、オウル兄様は？」

「すでに準備の整っている先頭の馬車におられました。近くで鍛錬をされているのでしょう」

バーズガーデンにおいて、オウル兄様よりも剣術に優れている者はいない。いや、お父様を除けば誰もいないといった方が正しいか。小さい頃に剣を教えていたセバスも、もう手に負えないと言っている。

もちろん、剣術の家庭教師はついているのだけど、実力ではもうオウル兄様の方が上で、心構えとか、新しい剣の技術的なものを伝えるのが中心だったりしている。

そんなわけでオウル兄様が家督《かとく》を継いだ際には、間違いなく王都の騎士団に迎え入れられるともっぱらの噂だ。

先頭の馬車に向かうと、ビュンビュンと風を切るような音がしている。つまり、オウル兄様が鍛錬をしている証《あかし》である。

「おう、クロウ。そろそろ出発か？」

「はい、オウル兄様。道中はよろしくお願いします」

オウル兄様は、風属性魔法を体にまとわせる、いわゆる身体補助魔法を得意としていて、その魔法をひたすら極めていた。剣が好きなオウル兄様には最高のスキルだったと思われる。

「Bランクの冒険者パーティに護衛依頼をしている。辺境の地に着くまで、俺の出番はないだろう。あっちに到着後もしばらくは、その冒険者パーティに魔の森に入ってもらう予定だ」

うちの領内なので、ある程度の情報は押さえてある。今のところ、盗賊の類《たぐ》いなどは報告に上がっていない。魔物の数も定期的な討伐で減らしているので、馬車が通るような道周辺に脅威《きょうい》となるような魔物はいないだろう。

辺境の地に着くまでは。

そこが魔の森の近くにある土地である以上、辺境の地は魔物の脅威にさらされ続ける。森は魔力濃度が濃く、魔物の活性は相当に高い。

「魔の森ですね。魔物の活性が少しでも落ち着いていると良いのですが……」

「どうだろうな。それはそれで俺としてはつまらないが、クロウにとっては死活問題になるからな。まあ、開拓地だけに腕に覚えのある者たちも多いと聞く。しばらくは協力して周辺の魔物を狩りまくってやろう」

その言葉に嘘はないだろう。オウル兄様が滞在してくれている間に、できる限り防衛機能を高めたい。辺境の地は、領民の安全が何よりも大事なのだ。というか、それは自分の安心安全にも繋《つな》がるのだから。

「クロウお坊っちゃま、オウル様、それでは出発いたします。馬車にお乗りください」

セバスの声が聞こえてきた。もう準備は完了したようだ。

門の前には、お父様とホーク兄様も見送りに来てくれている。不遇スキルの息子のために、わざわざ申し訳ない。

「お父様、ホーク兄様、行ってまいります」

「うむ、オウルとセバスを頼りなさい」

「頑張って。きっとクロウなら成功を収めることができるよ」

言葉は少ないが、信じて送りだしてくれる家族に感謝したい。

僕にとってこれは挑戦であるけれど、今後この世界で生きていくうえで必要なことだ。やるしかない。

「さて、出発だ。やっと思いっきり剣を振れるぜ！　倒しがいのある魔物が多くいることを期待しているぞ」

そんな力強いオウル兄様の言葉で、馬車は動き始めた。辺境の地、ネスト村までは一週間程度だ。

◇

旅は順調に進み、オウル兄様はもちろんのこと、僕ですら何事もなくネスト村に到着するだろうと思っていた。

ところが、どうやら辺境の地への道のりは思いのほか治安が悪いらしい。

馬車の旅も半《なか》ばぐらいの所でそれは起きた。

僕たちの目の前では、エルドラド家お抱えのスチュアート商会の馬車が数台横転しており、盗賊に襲われている。

僕はセバスに問う。

「セバス、盗賊はいないんじゃなかったの？」

「情報に漏れがあったのか、それとも調べた時にいなくても、その後に現れたということも考えられます。それで、いかがなさいますか？」

「いかがするも何も助けるの一択だよ。『疾風《しっぷう》の射手《しゃしゅ》』のみんなは、この馬車の護衛と遠距離からの射撃を。オウル兄様とセバスは僕と一緒に近接戦闘を」

「は、はい。お任せくださいませ、クロウ様」

疾風の射手というのは、オウル兄様が雇ったBランク冒険者の三人組で、全員が遠距離攻撃を得意としている。ヨルド、ネルサスの弓使い二人に、魔法使いのサイファとバランスが悪いけど、一応、リーダーのヨルドは短剣持ちで前衛もできるらしい。

「わかったぜ！　って、クロウも前に出るのか⁉」

「クロウお坊っちゃま、危険でございます」

オウル兄様に続いて、セバスが心配してくる。

「大丈夫だよ。二人が近くにいるんだから。それに、僕もこういう荒事《あらごと》に慣れていかなくちゃならないからね。ほらっ、早く助けに行くよ！」

危険なことは重々承知しているが、盗賊がオウル兄様とセバスの相手になるとは到底思えない。

それならば、僕のことを守ってもらいながらも、安全な場所からせっかく手にした錬金術を試してみたいのだ。

錬金術は、いわゆる等価交換というのが基本的な考えである。

例えば、金と銀の等価条件が一対十五の場合、十五キロの銀で一キロの金を錬成《れんせい》することができる。

でも、わざわざそんな面倒なことをしなくても、武器屋や道具屋に行けば買い取りも販売もしてくれるし、交換だってしてくれるだろう。

ものは使いようなのだけど、そこを深く考えている人はこの世界にはいない。

「セバス、クロウのそばを離れるな」

「もちろんでございます」

「盗賊の数は二十人ぐらいか」

一般的には、錬金術スキルは魔法使い崩れがCランクポーションを作るだけのスキルと思われている。その理由はポーションを作るのが面倒くさいからというだけだ。

ヒーリング草と綺麗《きれい》な水を錬成すると、回復ポーションがあっという間に完成する。これを手作りでとなると、ヒーリング草を根気強《こんきづよ》くすり潰し、適量の綺麗な水と合わせて美しい青色になるまで混ぜ続けてようやく完成。水を入れすぎると色が薄くなって失敗してしまう。

時間も掛かるし、失敗も多いからよほどのことでもない限り誰も作ろうとはしない。しかもC級回復ポーションは信じられないほどの安さなので、作るぐらいなら買った方が早い商品なのだ。

「クロウお坊っちゃま、あまり前に出すぎないようお願いします」

「うん、わかった」

しかし、僕の鑑定スキルで見る限り、その情報は必ずしも正しくない。

基本的な考えはあくまでも等価交換なのだけど、この世界にはファンタジー要素である魔法というものがある。

この魔法の元となる魔力が、錬金術スキルにおいて等価交換の材料として使用できるのだ。

おそらくだけど、この情報をこの世界の人はまだ誰も知らない。

知っているのは鑑定スキルを持っている僕だけなのだろう。そうでなければ、錬金術スキルが不遇スキル呼ばわりされる理由がない。

「クロウ、盗賊がこっちに気づいたぞ」

遠くに停めていても、エルドラド家の馬車は大きいので盗賊たちも気づいていたとは思う。それでもこのヒャッハーな世界において、わざわざ貴族様が商隊を助けるとは思っていなかったのかもしれない。

慌て始めた盗賊は、僕たちに向かって弓を射《う》ってくる。

すぐにオウル兄様とセバスが僕の前に出て、剣を抜き、前方から届かんとしている矢を斬り刻もうとしていた。

二人とも、飛んでくる矢が怖くないのかね……

「錬成、土壁！」

「なっ！　土魔法だと？」

「こ、これは、クロウお坊っちゃまが？」

僕は地面に手をつき、魔力と土を錬金術スキルで錬成してみせた。

もちろん、これが初めての魔力錬成ではない。バーズガーデンに戻ってから何度も試していたのだ。

土壁が一瞬のうちに完成していた。

盗賊の放った矢はちゃんと壁に当たり落ちているし、盗賊の弓士《きゅうし》は焦《あせ》りまくって番《つが》えた矢を滑り

落としていた。

「とりあえず、今は盗賊を捕らえる。クロウ、あとでちゃんと話を聞かせろよ」

「驚きました。さすが、クロウお坊っちゃまです。では、我々も向かいましょうか」

セバスからは、それだけじゃないのでしょう、他に何かあるなら見せてみなさい、とでも言われているかのように微笑まれている。

セバスとは生まれた時からの長い付き合いだ。表情でバレているのかもしれない。

うむ、ならば期待に応えてみせよう。

僕が魔力錬成で最初に練習したのは土だった。この世界は、現代日本のようにアスファルト舗装《ほそう》なんてされていない。基本的に地面は剥《む》き出しの土。つまり、土はどこでも手に入るお手軽錬成素材なのだ。

そして、もう一つどこにでもある素材の代表格が空気。

間違いなくどこにでもあって、土よりも更に使い勝手がいい。

でもそこは善《よ》し悪《あ》しがあるようで、土と比べると硬さ、強度が出せないし、時間の経過と共に霧散してしまう。

それでも隙《すき》をついたりできるし、攻撃の補助魔法として考えるなら相当に有用なはずだ。

だって、空気は無色透明なのだから。

「うおりゃあ！」

商人たちを守るように割って入っていくオウル兄様は、その類稀《たぐいまれ》なるスピードで盗賊たちを翻弄《ほんろう》していく。盗賊の数は多いが、これならばすぐに押さえ込めるだろう。

オウル兄様の活躍に目を奪われ、ちょっと目を離していた隙に、風を切るように矢が飛んできて僕の前まで来る。

「クロウお坊っちゃま、油断は禁物でございます」

「うおお、す、すまない、セバス」

飛んでくる矢をどうやって剣で斬り伏せるのかは見ていても理解できないが、何はともあれ助かった……

ここは、考えごとをしていられるような緩い場面ではない。命懸けのやりとりをしているんだよね。

さて、さすがに剣術が微妙な僕が相手をするなら……弓を扱うあの二名の盗賊がいい。

決して、攻撃されたから根に持っているわけではない。

今度はこちらの番だ。

「セバス、僕はあの弓士を狙う。合図をしたら、突っ込んでもらえるかな」

「何かされるのですね。かしこまりました、クロウお坊っちゃま」

盗賊との戦闘中だというのに、とても楽しそうな顔をするセバス。オウル兄様といい、まったくその気持ちが理解できない。この戦闘狂め。

「錬成、空気砲！」

ちょっとした子供だましのような攻撃力しかないが、当たり所さえ押さえておけば体勢を崩すぐらいは容易にできる。

「セバス！」

「はい、クロウお坊っちゃま」

透明の攻撃は盗賊の頭部をしっかりとらえている。人間の頭というのはもちろん急所であり、重量もある不安定な部分だ。

想定外の攻撃を頭にくらってしまえば、大抵の人間はそのまま後ろに倒れてしまう。

無色透明万歳！

戦場で倒れた人間を沈黙させるのに、セバスほどの実力者であれば秒も必要でない。

あっさりと後ろ手に縛り上げられており、一瞬で弓は破壊されていた。

オウル兄様の方を見ると、あちらもどうやら戦闘が終了しているらしく、そもそも僕の出る幕があったのかと悩みたくなるほどに片付いていた。

武器を捨て命乞《いのちご》いをする盗賊を見るに、オウル兄様の剣技を見て、ほとんどの者が降参してしまったのだろう。

「ふあぁ、た、助かりました。オウル様、クロウ様、お助けいただきありがとうございます。このスチュアート、恩返しできるよう精進《しょうじん》いたします」

ブルーミン・スチュアート。彼はエルドラド家お抱えの商人で、バーズガーデンと王都ベルファイアを中心にその周辺を巡るキャラバンを組む商隊の代表。

屋敷でも何度か会ったことのある、少しぽっちゃりとした笑顔の眩《まぶ》しいおっさんだ。

今後、領地を改革していくうえで力を貸してもらいたい人間でもあるので、ここでスチュアート商会に貸しを作れたのはラッキーとも言える。不謹慎だけどもね。

「ああ、いったいどのように感謝を申し上げれば良いのでしょう」

僕たちがここを通らなかったら商隊の荷物は全て持ち去られていただろう。いや、下手したらスチュアートの命だってあったか微妙なところだ。

そんなスチュアートに対して、オウル兄様が僕との間を取り計らってくれた。

「礼ならクロウに言ってくれ。この場におけるボスはこいつでな、商隊を助ける判断もクロウがしたんだよ」

「おお、そうでございましたか。クロウ様、ありがとうございます。ボスということは、あの噂は本当でございましたか」

「噂？　それはどのような噂か、僕も知りたいけど」

「い、いえ、それは、その……」

口を濁《にご》すスチュアートに僕も苦笑いだ。

「貴族でありながら、不遇スキルを授かってしまい、辺境の地に飛ばされた……ってところかな？」

「申し訳ございません。私どもは、バーズガーデン周辺の情報については特に重点的に調べております。数日前からのエルドラド家の動きを見るに、噂は確かではないかと判断しておりました」

僕らがネスト村に向かうために用意された荷物。その中には新しく買い入れた品物もあるだろうし、きっと商会に注文が入っていたのだろう。

商流を押さえているスチュアートからしたら、わかりやすい話だったのかもしれない。

「王都へ行きスキルを授与されたはずの僕の情報、それからエルドラド家の商会への注文状況に鑑《かんが》みての判断ということかな」

「おっしゃる通りでございます。やはり、クロウ様はどこかの領地を任されるということなのですね」

「うん、魔の森近くのネスト村が僕の行く場所だよ」

「ま、魔の森でございますか……それはまた、わかりやすく辺境でございますね」

「うちの領地は開拓してなんぼだからね。しばらくはオウル兄様の協力を得ながら開拓するけど、その後は僕が管理することになる。スチュアート、もし今回のことを少しでも感謝してくれるのなら、キャラバンのコースにネスト村を追加してもらえないか？」

現状、ネスト村に商会が来ていないのはセバスからも聞いている。

それでは領地の開拓のしようがない。お金を回して、売り買いを活性化させなければ人も集まらないのだから。

「……それは、物資の搬入が中心となりますか？」

おそらくスチュアートの頭の中では、命を助けたお礼に食料を安値で持ってこいと言われているように感じているのだろう。

けれど、お願いしたいのはそういうことじゃない。こっちからも売りたいのだ。

「もちろん、物資は欲しいよ。でもそれだけではなく、魔の森で討伐した魔物の素材を売りたい。あとは、そうだね。ポーションを売ろうと思っているんだ」

「オウル様がしばらく滞在されるのであれば、それなりの数の素材が集まりますね。それに、クロウ様の魔法もございます。あとは、ポーションでございますか……」

僕の魔法はたいしたことはない。このあたりは商人なりのおべっかなのだろう。でも、オウル兄様のおかげで、話には乗ってきてくれたようだ。

すると、うんうんと頷いていたオウル兄様が、思い出したかのように会話に入ってきた。

「そうだ！　クロウ、さっきの土魔法はどうなってやがる。四大属性のスキルは持ってなかったはずだろ」

僕は、さも当然といったようにオウル兄様に答える。

「これは錬金術スキルですよ、オウル兄様」

「おいおい、錬金術スキルは土魔法が扱えるのかよ？」

「クロウお坊っちゃま、それは私も驚きました。弓士に使ったのも何かの属性魔法なのでしょうか」

「本格的な属性魔法には及ばないけど、錬金術スキルでも条件さえ整えれば、あのような真似ごとはできるんです。ちなみに弓士に使ったのはどちらかというと風属性なのかな」

オウル兄様もセバスも信じられないという顔をしているけど、実際に僕が目の前でやってみせただけに納得するしかないだろうね。

スチュアートが話を戻して尋ねてくる。

「クロウ様、ポーションも売りたいとおっしゃっていましたね。確認ですが、それはCランクポーションなのでしょうか？」

「安いCランクポーションを売るつもりはないよ。Bランク以上の品質で考えている。といっても、まだ構想段階だから、しばらくは魔物の素材だけになると思うけどね」

「Bランクですか……かしこまりました。商隊のキャラバンにネスト村へのルートを追加いたします」

「えっ、いいの？　本当にありがとう、スチュアート」

多少は条件でもつくかと思ったけど、意外にすんなり受け入れてくれた。

「いえいえ、クロウ様を見ていると何かやってくれそうな期待感といいますか、商人の勘がネスト村へ行けと言っております」

助けられた恩もあるのだろうけど、エルドラド家の貴族である僕から言われてしまったらスチュアートとしても断るのは難しいのかもしれない。

とはいえ、ある程度の頻度で来てもらえるのは僅かな期間だろう。その間に、ネスト村に行けば儲《もう》かるのだとスチュアートに認知させせなければならない。これからが本当の勝負なのだ。

それはさておき、僕はスチュアートに尋ねる。

「横転した馬車は大丈夫？」

「車輪が歪《ゆが》んでしまっているようなので、修理しなければならなそうです。それと、生き残った盗賊の扱いはいかがいたしましょうか？」

「ネスト村に連れていくわけにもいかないし、スチュアートに任せていいかな。報奨金も全て商会の利益に回して構わないよ」

盗賊の引き渡しは大きな街で行われ、一人頭十万ギル程度で取り引きされる。馬車の修理費などを考えるとそれでも足が出てしまうかもしれないけどね。

「誠でございますか。それでは、そのようにさせていただきます。私どもも遅れてネスト村へと向かいますので、たくさんの魔物の素材を買い取らせてくださいい。もちろん、色をつけさせていただきます」

「うん、よろしくね」

3　辺境の地、ネスト村に到着

こうしてスチュアートと別れたあとは、特に何事もなく平穏な旅路となった。

それでも魔の森が近くなるにつれて、魔物の数はそれなりに多くなってきている。この過酷な状況のなか、ネスト村は大丈夫なのだろうかと不安に思わなくもない。

一応、辺境の地だけあって、引退した冒険者や狩人《かりゅうど》などそれなりの経験者が揃っているのだそうだけど。

というのも、ネスト村では三年間は税を納める必要がなく、開拓した土地は自分のものになる。成功を夢見てやって来る領民は少なからずいるのだ。

僕たちがネスト村に到着したのは、日が沈みそうな夕方間近の頃だった。

時間帯が微妙だったので、翌朝に着くよう調整しようかとも話していたのだけれど、結果的には早く行って正解だったようだ。

ネスト村は開拓村ということもあり、固まるようにして小さなボロ家が建ち並んでいる。

村の周囲には木を組んで作られた柵《さく》があり、全体が覆われているものの、対魔物対策としてはかなり心許《こころもと》ない物だった。

「なあ、セバス、クロウ。ネスト村ではワイルドファングを飼っているのか？　あれ、絶対ワイルドファングだよな」

魔物のワイルドファングを飼ってるわけはないのだが、オウル兄様がそう思うのも無理はない。

遠目にもワイルドファングが家に体当たりをしたり、興奮して吠えまくったりしているのが見えている。

ワイルドファングは魔の森に棲《す》む中型の狼タイプの魔物で、魔物ランクでいうとD。だが、群れることでCランク相当と言われている。

「そのような話は聞いたことがございません。オウル様、ネスト村はワイルドファングの群れに襲われております」

「おおう、いきなり村のピンチじゃねぇか。やべーなネスト村」

村人たちは家の中に避難しているのだろう。ワイルドファングに怯《おび》えながら扉を押さえているに違いない。

何人かは弓を番《つが》えて安全な屋根の上から攻撃をしようとしているが、追い払うまでに至っていないのはもちろんのこと、村周辺にある畑はぐちゃぐちゃにされてしまっている。

ゆ、許せん。

「はい、注目です！　疾風の射手の三人と僕で遠距離攻撃をして、ワイルドファングを村から引き離します。オウル兄様は近づいてきたワイルドファングを撃破、セバスは回り込んでネスト村を守ってください」

「「か、かしこまりました！」」

「おう、任せとけ」

「お任せください、クロウお坊っちゃま」

よーし、手っ取り早くワイルドファングをこちらに呼び寄せたい。被害が出るからなるべくなら村の中で戦いたくはないのだ。

いや、もう遅いか……。

予想以上にネスト村はボロボロになっている。

「ヨルド、何か音の鳴るものでワイルドファングを引きつけたいんだけど」

僕がそう言うと、それに答えたのは魔法使いのサイファだった。

「クロウ様、それでしたら私の魔法でワイルドファングを振り向かせましょう」

サイファが杖を片手に一歩前に出る。

そして、目を瞑《つむ》り集中すると、詠唱しながら魔力を高めていく。

「ファイアボール」

サイファは家屋に当たらないように上空へ向けて魔法を放った。そして派手な音を立てるよう大きく爆発させる。

その音で、全てのワイルドファングがこちらを振り向いた。屋根の上にいた村人も応援が来たことを理解したはずだ。

遠目にも弓を持った狩人の明らかにホッとしている姿が見て取れた。

今までどうやって生き残ってこられたのか詳しく聞きたい。

一方で、ワイルドファングは全頭がこちらに向かって歩み始める。ボス個体が指示でも出しているのかもしれない。けど、見た感じでは大きさが全部同じなのでよくわからない。

まあ、全部倒すのみだ。

「来るぞ！」

僕はヨルドとネルサスのために土壁を錬成してあげた。

「う、うおお、あ、ありがとうございます、クロウ様」

いきなり出現した土壁でネルサスを驚かせてしまったようだ。一声掛ければ良かったね、ごめんなさい。

「よし、弓を放てー」

さて、さすがに空気砲では殺傷能力は皆無だ。向かってくるワイルドファングは全部で三十頭ほど。

涎《よだれ》を垂らしながら、ゆっくりしたスピードから徐々に勢いをつけて駆けてくる。速いので囲まれたら厄介だ。

乱戦でも大丈夫なのは、オウル兄様とセバス。あと、短剣も扱えるヨルドぐらいか。

やっぱり硬度のある土魔法で攻撃した方がいいかな。練習では土壁しか造ったことがなかったけど、数が多い。少しは削るべきだろう。やれるだけやってみようか。

「ふぅー。よし、集中しよう」

どうせ失敗しても、オウル兄様とセバスがいる安心感。僕の役割は、ヨルドとネルサスのために土壁を造ったことで八割方終了しているのだ。

魔力をどのくらい込めればいいのか悩ましいな。

とはいえ、かなりのスピードでワイルドファングは突撃してきてる。迷っている時間はないか。

こういうのはイメージが大事だからね。

少しでも怪我を負わせられたら、オウル兄様もセバスも戦いやすくなる。

「錬成、アースニードル！」

地面についた手のひらから、ごっそり魔力が持っていかれると、僕のイメージ通りに魔力は変換されていく。

それは駆けるワイルドファングの真下から現れ、急所であるお腹に複数の穴を空けた。

「キャイン、キャイン、キャウンッ！」

地面に縫いつけられたかのように、ワイルドファングが土から生《は》えた針に貫かれている。

瀕死《ひんし》の状態、それも全てだ。

三十頭はいたワイルドファングを全て無力化してしまった。

すごいな、アースニードル。

こんな強烈な魔法だったのか。

「おいおいおい、嘘だろ……」

オウル兄様も驚きを隠せないようだ。

いや、まあ、僕が一番驚いているんだけどね。

「オウル兄様、僕もびっくりしました。アースニードルがこんなに強い魔法だったとは」

「い、いや、違いますよ。ただのアースニードルはこんな広範囲に発動しませんって」

魔法使いのサイファが言うのならそうなのかもしれない。では、これはいったい何という魔法なのか……

「クロウお坊っちゃま、普通のアースニードルというのは土の針が一つでございます。このように数百の棘《とげ》を射出する魔法は、中級魔法のグランドニードルではないでしょうか」

ん、中級魔法グランドニードル？

確かに土壁を錬成するのとは桁違いの魔力が持っていかれた気はするけど。

「なあ、ヨルド。私たちこの旅で役に立ってるのか？」

「い、言うな、ネルサス」

「そ、そうだ。依頼料が削られてしまう」

疾風の射手の皆さんが依頼料の心配をしているが、ちゃんとお金は支払うから安心してほしい。

この旅では夜の見張りとかで活躍してくれていたのを知ってるから。オウル兄様、夜番とか苦手な人だからね。

僕たちが唖然《あぜん》としているなか、ネスト村の人たちも驚愕《きょうがく》の面持ちでこちらの様子を窺《うかが》っていた。

閉じこもっていた小屋からは村人が出てくるものの、ワイルドファングの惨状《さんじょう》を見て腰を抜かしている。

い、いや、僕たち盗賊とかじゃないからね？　助けたの見てたよね？　というか、馬車に大きく描かれている鳥の紋章で、僕たちがエルドラド家の者だとわかっているはず。

しばらく、お互いに何とも言えない時間が経過した後、ゆっくりとこちらに向かってくる初老の男性の姿が確認できた。

「お助けいただきありがとうございます。私はネスト村の村長のワグナーと申します」

そう言って、セバスに向かって礼をするワグナー村長。うん、僕やオウル兄様のことなんて知らないもんね。

「私はエルドラド家の筆頭執事を務めておりましたセバスと申します。ネスト村は本日より、こちらにいるエルドラド家の三男、クロウ様が治めることになります」

「ネスト村を治めるですか？　税を納めるのは、まだ二年近く先であったはずですが……」

「うん、税は二年後まで取るつもりはないよ。僕はネスト村を大きく豊かにするためにと父上に派遣されたんだ。よろしくね、ワグナー」

その後、村の中を案内されたが、想像以上にボロボロな状態の家屋にかなり不安にさせられた。

ネスト村の村人のなかには、助かったことで安堵《あんど》の表情を見せている者もいるが、やはり、どこか険《けわ》しい表情をしている者の方が多い。

不安なんだろうな……

せっかく辺境の地まで来てくれた村人が逃げだしはしないだろうか。

人がいなければどんな開拓をやってもダメだ。のんびりスローライフとか夢見ていられない。

となると、住まいや身の安全については最優先で、ぱぱっと改善したい。ここはスピード重視だろう。

現状見た感じでは開拓村どころか、キャンプ地や野営地に近い気すらする。

「ワグナー、ワイルドファングはよく村を襲いに来るの？」

「いえ、基本的に魔の森の魔物は森の中を好みます。ところが、最近、ラリバードが大量発生しているようでして、追いかけるようにワイルドファングも森から出てくるようになってしまったのです」

「ラリバードが大量発生!?」

ラリバード、それは飛べない鳥の魔物。魔の森でも一番外側に棲む底辺の魔物だそうだ。魔物ランクとしてはEランクなのだという。

とはいえ、魔の森の魔物。成長するとサイズはニワトリの倍ぐらいになる。とても素早くて逃げ足が速く、くちばしで攻撃もしてくる。

特にオスは火を噴き、かなり荒っぽい性格をしているのだとか。

「はい、数が増えたラリバードがワイルドファングから逃げるように森から出てきまして、それを追うようにワイルドファングまで……」

なるほど、魔の森の食物連鎖に何かしら異変が起こっているということか。

早速、僕は今後の行動を皆に指示していく。

「魔の森の調査は、明日からオウル兄様と疾風の射手の皆さんにお願いしようと思います」

「おう、任せとけ。ようやく魔の森で鍛えられるぜ」

オウル兄様からしたら、危険な魔の森はただの鍛錬場所に過ぎないのかもしれない。

森の奥へと進めばさすがに厳しくなるかもしれないけど、浅いエリアであれば、オウル兄様の相手になる魔物はいないだろう。

「セバスには狩人たちと一緒に、村の守りを頼みたい」

「かしこまりました。クロウお坊っちゃまは何をされるおつもりでございますか?」

「僕はね、あれだよ、あれ」

僕の指差した方向には、先ほどワイルドファングと戦うために錬成した土壁が残っている。

「ネスト村を囲うように、土壁を造られるのでございますね」

「うん、そう。木の柵はワイルドファングたちに越えられちゃうでしょ。セバス、ワイルドファングの跳躍力はどのくらいなのかな？」

「勢いをつければ、この小屋の高さぐらいまでなら簡単に飛び越えるでしょう」

小屋越えちゃうのか。

セバスの話を聞いていた狩人の方々はわかりやすく冷や汗をかいている。屋根の上なら安心だと思っていたのだろう。

この小屋の高さがだいたい二メートル半ぐらいかな。僕が普段出している土壁は高さ二メートル、幅三メートル程度。少しカスタマイズが必要か。

「了解、それならどのくらいのサイズで造っていけばいいかな？　高さと強度を確認してもらえる？」

ネスト村の入口と思われる場所に、試しに土壁を一つだけ錬成しよう。

今日はもう日が暮れ始めてるし、作業は明日からやればいいよね。しばらくはオウル兄様が魔物を討伐してくれるし、今日のような緊急事態はそうないはずだし。

「錬成、土壁！」

地面に手をつきながら、細かく錬成を指定していく。高さは四メートル、強度も高くしたいから壁厚は五十センチにして、幅はとりあえず五メートルで出してみよう。

「す、すごい……」

一瞬のうちにグググッとそびえ立つ土壁に、ワグナー村長が尻もちをついて倒れてしまった。

そんな驚かすつもりはなかったのだけど、やはり目の前で見ると違うのかもしれない。

「クロウ、さっきまでの土壁よりもかなり厚みがあるな。そんなこともできるのか？」

「さすがオウル兄様、気づきましたか。少しカスタマイズしてみました。それに上の方を見てください」

「カスタマイズ？　よくわからないが、上の部分が反り返っているのは何か意味があるのか？」

「こうすれば、ワイルドファングが壁をよじ登ろうとしても角度が厳しくなって落とせるのです」

「そ、そうか。それなりに考えて造ってるんだな……」

むむ、オウル兄様には、この反り返る壁の美しさが理解できないのだろうか。何とも言えない微妙な反応である。

すると、少し考えるようにしてオウル兄様はこんなことを言い始めたのだった。

「なあ、クロウ。その土壁で家造れるんじゃねぇか？」

土壁で家……

しばらくの間はオウル兄様もネスト村に滞在するだけに、おんぼろな家屋を見て思うところがあったのかもしれない。

当面は馬車で過ごすにしても、ずっとというわけにもいかないからね。

土壁で家ね……しかしながら、それは無理というものだ。

ボクが造れるのは土壁であって、家ではないのだから。

「さすがにそれは無理ではないでしょうか？」

「壁の大きさも横幅も厚みも変えられる。しかも、緩やかな反りまで入れられるんだろ？　いけそうだけどな」

「恐れながら、セバスもクロウお坊っちゃまなら家ぐらいであれば造れてしまうのではないかと思います」

オウル兄様に続いてそう発言したセバスの言葉に、なぜかネスト村の皆さんの目が輝き始めた。

確かに壁の次は住環境を整えたいとは思っていたけど。

「そんな期待させて、できなかったりしたら恥ずかしいじゃないか」

「何も全てを造らなくても良いのです。クロウお坊っちゃまは、あくまでも土壁を造ればいいのです。屋根は村の者に造らせましょう」

セバスの提案に僕は頷く。

「なるほど、つまり僕が造るのはあくまでも土壁で、屋根や扉、窓やキッチン、トイレにお風呂なんかは、村のみんなが造るということだね」

「クロウお坊っちゃま、辺境の村にトイレやお風呂はありません」

な、何、トイレもお風呂もないだと⁉

いや、それとなくわかってはいたけど、やはり早期の改革が必要だ。

魔物を気にしながら外でトイレとか絶対落ち着けないいんだから。付き添いを頼むのも恥ずかしすぎる。

「こうしちゃいられないね。僕は今日中に、残りの魔力がなくなるまで村を囲う壁を造り上げる！

明日からはすぐに家造りに取りかかるよ」

今日はかなり魔力を消費したはずだけど、まだまだ土壁ぐらいであれば問題ない。

外側の畑のある場所はまたの機会にするか。それよりも、明日の住環境の優先順位がグッと上がってしまった。

一通り整うまでは、魔力が切れるまで働かないとダメそうだな。

しかし、これは辺境の地において豊かな生活を手に入れるために、必要なことなのだ。

早速僕が作業に入ると、オウル兄様とセバスの会話が聞こえてくる。

「セバス、クロウの魔力はどうなってやがるんだ？」

「錬金術スキルを手に入れてからというもの、毎日何かしら魔法を使っていたのは知っておりましたが。どうやら本人もまだ魔力切れになったことがないようにございます」

「グランドニードルでワイルドファングを倒したばっかりだっていうのに、土壁がもう半分以上完成してるぞ……」

「日が暮れる前には完成してしまいますね。さて、私は料理を作るよう指示しましょう」

結論から言うと、ネスト村を囲う土壁を全て設置し終えても僕の魔力はまだ残っていた。

これが普通のことなのか、おかしいことなのかはよくわからないけど、魔法使いのサイファが下を向いたままいじけていたので、そういうことなのだろう。

君は火属性スキルを持ってるんだからいいじゃないか。僕のは残念な不遇スキルなんだからね！

［領地情報］　ネスト村
［人口］　五十名
［追加村人］　オウル兄様、セバス、疾風の射手
［造った物］　巨大な土壁
［備考］　村の安全性が少し向上した

◇

昨日はネスト村の皆さんにも、久し振りのお腹いっぱいの夜ご飯を喜んでもらえたようだ。それ

に一緒にご飯を食べたので、仲もぐっと深まったように思う。

僕が歩いていると、村の人が気軽に声を掛けてくれる。

「昨日はとても美味しかったです。クロウ様、ありがとうございます」

それと、僕がワイルドファングを倒し、村を囲う土壁を造り上げたことで、見た目は十二歳の子供ながらも尊敬の目を向けられている。

いや、そうじゃなくて、こう見えても一応貴族なんだけどね。精神年齢的にはもっと上になっちゃうけども。

前世の記憶があるのは三十歳ぐらいまでだから、合計すると四十二歳で厄年だ。

そうか。厄払いをしなかったから、僕は不遇スキルを渡されてしまったのかもしれないな。

「食料はかなり多く持ってきたからね。それに今日からはオウル兄様が魔の森に入るし、肉も期待していいんじゃないかな」

「に、肉でございますか。それは楽しみですね、じゅるり」

ここで肉といえば、ラリバードや野ウサギなどのことを言う。罠にかけて獲った少量の肉をみんなで分けて食べることは、ネスト村の住民にとっての贅沢なのだそうだ。

住環境の次は、食にもテコ入れしていかないとならないね。さすが辺境の地、やることがありすぎて大変だ。

とはいえ、今日の僕の役割は家造りだ。

少なくとも、今のオンボロ家屋よりは良い物を造って皆を驚かせたい。

オウル兄様と疾風の射手の三人は朝から魔の森に行っている。夜ご飯はお肉パーティーに違いない。

だからこそ、僕も頑張れるというもの。肉は明日への活力になるのだよ。

そんなことを考えていると、広場でワグナー村長とセバスを発見したので声を掛ける。

「ワグナー、家を建てる場所なんだけど、どの辺がいいかな？」

「おはようございますクロウ様。実は、セバス様とちょうどそのことで話をしておりましたのです」

どうやら、現在家屋が建っている場所は村の中心部なのだが、思いきって大きな広場にしてしまおうということらしい。

そして、その広場を囲うようにして新しい住居を構えたいそうだ。

「クロウお坊っちゃま、現在の家屋を全て潰すことになりますが、より生活しやすくなるでしょう。こうすれば広場で簡易的なバザールも催せますし、バーベキューもできます」

ネスト村の人口は現在五十人程度。狩ってきた肉をさばいたり焼いたりするなら、みんなでやった方が早いし何よりバーベキューは楽しい。

「バーベキューか、それはいい考えだね。今夜は肉パーティーだから、オウル兄様たちが戻ってくるまでには住居を仕上げたいね」

「昨夜も、ネスト村の皆さんと夕食をご一緒したことで打ち解けるのが早《はよ》うございました。村の食料事情も芳《かんば》しくはございませんので、しばらくは食事も共同で当番制にしようかと思っております」

なるほど、随分と話が進んでるんだね。

どうやら朝からワグナー村長とセバスでネスト村の情報を共有してくれていたらしい。

「そのあたりのことはセバスに任せるよ。それじゃあ、僕は土壁を錬成していくね」

村の入口に行くと、僕が昨日錬成した土壁は一日経っても強度に問題はなかった。錬成に使用した時の土の水分が抜けて、より硬くなっているようにすら感じる。

「これなら壁としては何の問題もないな」

土壁だからといって、手で触るとボロボロ崩れるようなこともなく、見た目的にはツルツルとしたコンクリートに近い感じだ。錬成はイメージも大事みたいで、現代知識のある僕の想像力が良い方向に出ているのかもしれない。

さて、場所を移して住居を建てる予定のエリアにやって来た。

住居において大事なのは何か。

基礎は大事だろう。もちろん、地面と水平であることも重要。トイレやお風呂は造らなくてもいいみたいなので、水周りはそこまで気にしなくてもいい。でも、湿気なんかも抜けやすくした方が住みやすいだろう。

そんなことを考えつつ作業に取りかかる。

「錬成、圧縮！」

僕の錬成に合わせて、ネスト村に凄まじい音と地響きが鳴る。これは空気砲を地面に向けて放ち、強引に大地を固めているのだ。

セバスが慌ててやって来る。

「クロウお坊っちゃま、何事でございますか」

音もだけど、地面が揺れたせいでネスト村の人たちを驚かせてしまったようだ。

「地盤を固めているんだ。家が傾いたら嫌でしょ？」

「お屋敷でも建てるつもりですか？　そこまでしなくてもと思うのですが……」

セバスはわかっていないな。土壁で安全が確保できたら、次に求めるものはのんびり寝て過ごせる住環境なのだよ。

ワイルドファングにかじられた扉に、引っ掻かれた壁。これではダメなの絶対。

「まあまあ、そこまで手間でもないから任せてよ。錬成、土壁！　土壁！　土壁！　土壁！」

平《たい》らに押し潰した地面に湿気が抜けるように道を造り、その上に床状の土壁、玄関用の入口をくり抜いた土壁、窓枠付きの土壁、キッチン用に換気孔を取り付けた土壁、部屋は簡単にリビングと寝室でいいだろう。

少し手間取ったけど、一般的な1LDKタイプの間取りが完成した。屋根は村の人たちに仕上げてもらおう。

さあ、どんどん次の家を造ろうか。

夕方までに広場でバーベキュー道具を造らなきゃならないんだ。

すると、急に話しかけられる。

「あ、あの、クロウ様、家の中を見させてもらってもよろしいでしょうか？」

ここに住む人なのかな？　まだ壁だけの家だけど、僕なりに匠《たくみ》の技を取り入れている。少し説明してあげよう。

「いいよ。まず、入口を入ってすぐ左側にキッチンスペースを用意したよ。煙を外に出せるように換気用の穴を上部に取り付けているんだ」

「は、はぁ……」

「そして、キッチンに繋がるように大きめのリビング。ここで家族揃って食事をしたり、のんびりと寛《くつろ》げるよ」

「す、すごい。これが、一瞬でできてしまうとは……」

「奥にある部屋が寝室になってるんだ。ゆっくり休めるようにここだけ壁の厚みを変えてある。外からの音も聞こえにくくしてるからね」

体を休めることは、辺境の地では最優先といってもいいからね。安全な場所でゆっくり睡眠をとる。これで明日も頑張れるというものなのだ。

「ほぇぇ……」

頑張って説明したのに、村人Aさんが放心したように黙ってしまった。何か足りなかったのかな……

「お、お風呂とか、トイレはまたあとで考えるからね」

これ以上は話ができなそうな雰囲気だったので、僕は次の作業に移らせてもらおう。まだ建てなければならない家はいっぱいあるのだ。

とりあえず、不満があるようならまたあとで調整すればいいだろう。

遠くでワグナー村長とセバスの会話が聞こえてくる。

「セ、セバス様、土魔法というのはここまで便利な魔法だったのでしょうか？」

「私も驚いております。クロウお坊っちゃまは、ひょっとしたらとんでもない魔法使いなのかもしれません」

その後、全ての家を建て終わったのは、少しお腹が減ったお昼時だった。

ネスト村のみんなも、しばらくは僕の錬金術を驚きながら見ていたのだけど、慣れてきたのか屋根に使う木材の準備をしたり、今まで使っていた寝具や日用品の引っ越しを進めていった。

うむ、さすが辺境の村人。なかなか逞《たくま》しいじゃないか。

「クロウお坊っちゃま、魔力は大丈夫なのでしょうか？」

「うん、少し疲れたかなーとは思うけど、お昼ご飯食べたらすぐ復活しそうな感じ。これぐらいならまだまだ平気かな」

「そ、そうですか。とても信じられません……クロウお坊っちゃまの魔力は国でも有数の量かもしれませんな」

「またまたー。午後からは広場を整備していくよ！」

まったく、セバスはいつも大袈裟《おおげさ》だな。

でも、貴族の三男坊がこうして村のために率先して頑張っているのだ。少しぐらい褒められてもいいだろう。

広場予定地の場所には、昨日まで使用していたボロボロの家屋がまだ残っている。

まだ引っ越しが終わっていない人もいるから、広場周辺の整備から始めようか。

この広場の活用方法としては村人の憩《いこ》いの場のほか、バーベキューやバザールが開催できるようにと話していた。

「まずは適当な間隔でベンチでも設置しようか」

僕が考えごとをしていると、ネスト村の最年少チームが興味津々な様子でこちらを見ている。五、六歳の子供三人組だ。

「錬成、ベンチ」

地面に手をついて手頃なサイズのベンチを造りだすと、幼児たちはキャッキャッと喜んでくれる。

それにしても幼児とはいえ、期待のこもった視線を向けられると僕のやる気も上昇するというもの。

村人の憩いの場か……

「よし、錬成、遊具」

村人の憩いの場なのだから、あの幼児たちにも喜んでもらえる広場でなければならない。

ということで、子供用の滑り台とジャングルジムを造ってあげた。

「しゅ、しゅごいっ！」

「こ、これなーに？」

滑り台は見た目で何となくどう遊べばいいかわかるのだろうけど、ジャングルジムについては意味不明だろう。

こちらの世界の知識には、このような細かい棒を組み合わせた遊具などなかったし。

「こっちの滑り台はね、後ろ側の階段を上ってお尻をついて滑り降りるんだよ」

「ぼ、ぼくが最初にしゅべるっ！」

「ずるいよー、あたちもしゅべりたい」

「はい、はい、仲良く順番だよ。滑り台は逃げないからね」

「はーい」

滑り台が興味深いのか、子供たちだけでなく、大人も並び始めている。おいっ、ワグナー村長。何であなたも並んでいるんだ。

僕が滑り台に並ぶ大人たちを見て呆れていると、セバスが声を掛けてくる。

「クロウお坊っちゃま、これは何なのですか？」

「この場所をみんなの憩いの場にすると言っていたでしょ。だから、子供たちも楽しめるように遊具を造ってみた。みんなのいる前で遊ばせておけば大人も安心するもんね」

「さすがでございます。ところで、こちらの奇《き》っ怪《かい》な建物はどのようにして遊ぶ物なのでしょうか？」

僕もジャングルジムの正式な遊び方とか知らない。とりあえず、登ればいいんじゃないかな。あれだよ、子供の想像力でいろいろ考えるんだよ。

「手を使ったり足を掛けたりしながら登ったり、あとは……子供たちが勝手に楽しく遊んでくれると思うよ」

「長く生きてきましたが、このような奇抜な遊具を初めて見ました。子供の足腰を鍛え、想像力を高める遊具なのでしょう。クロウお坊っちゃまの発想はとても素晴らしい」

予期せぬところでまた褒められてしまった。セバス的にはここで褒めておいて、バザール用の台やバーベキュー道具にも手を抜くなと言いたいのだろう。

わかっているとも、特にバーベキュー道具に手を抜くつもりは毛頭ない。野ウサギでもラリバードでもバッチリさばけて、焼き上げる器具を造り上げてみせる！

「錬成、バーベキュー道具！」

作ったのは、ラリバードや野ウサギの皮、肉をさばきやすいように吊るせる物。一応、それなりの大きさの魔物でも大丈夫なようなサイズ感と強度にしておく。

続いて、調理台と囲炉裏式《いろりしき》のテーブルを錬成していく。なぜ、囲炉裏式にしたかというと、バーベキューをしない時は広場のテーブルとして活用してもらうためだ。

「クロウお坊っちゃま、このテーブルはどのように使うのでございましょうか？」

吊り台や調理台は何となく理解できたのだろうけど、さすがに囲炉裏式テーブルは意味不明かもしれない。

「テーブルの中央の蓋《ふた》を開けると、火を入れられるようにしてあるんだ。上に網や鉄板を敷けば、ここで肉が焼けるんだよ」

「な、なるほど。バーベキューをしない時は、普通のテーブルとして使用できるのですね」

「そうそう。家の中にもキッチンを造ってあるけど、豪快に肉を焼きたい時とか外で食べられるでしょ」

とりあえず、十セットぐらい同じ物を造っておけばみんなで使えるだろう。思いのほか、たいして時間も掛からなかったな。

それにしても朝から家を造ったり、遊具やベンチ、囲炉裏式テーブルとちょっと働きすぎではないだろうか。

ここは、少し疲れた振りをしてお昼寝でもしよう。あまりやりすぎてしまっては、今後の仕事量にも影響が出る。

「セバス、少し魔力を使いすぎたみたいだからしばらく休憩するよ」

「……魔力はまだ大量に残っているように思えるのですが、確かに休憩も必要でしょう。どちらでお休みなさいますか？」

むむ、どうやらセバスには僕の魔力残量的なものが見えているっぽいな。今後、魔力を言い訳にはしづらいかもしれない。

それにしても、これだけ使っているのに全然魔力がなくなる気配がないんだよね。

「自分の家を造るの忘れてたから、ちゃっちゃっと造ってそこで休憩しようかな」

広場周辺から少し離れた大きめのスペースに、空気砲で地盤を固めて大量の土壁を錬成していく。オウル兄様やセバスも住むことになるから、広さはもちろん、思いきって三階建てにチャレンジしてみた。

錬成した土壁の上に二階部分の床になる土壁を載せ、階段で繋いでいく。同じように土壁で仕切りを造ると、三階部分の床を載せてしっかり固定。

あっ、これもう屋根も土壁でいけちゃうかもしれないな。

というわけで屋根まで載せてみたけど、うん、見た目的には三階建てのコンクリートマンションにしか見えない。

村人の皆さんのザワザワが止まらない。

ちょっと、みんなの視線が気になるから、早くマイホームに入って昼寝しよう。休憩大事。

［領地情報］　ネスト村
［人口］　五十名
［造った物］　家屋、ベンチ、遊具、バーベキュー道具、調理台、テーブル、マイホーム
［備考］　村人の結束力が少し高まりそうな予感

◆

前日の食事会で懇親を深めたおかげか、ネスト村の皆さんとも早く打ち解けることができました。

今朝も、ワグナー村長とネスト村についての様々な問題点などを確認しておりました。

「セバス様、やはり、食料が喫緊《きっきん》の問題でございます。ワイルドファングの襲撃で畑は荒らされてしまいました。これでは、冬を越せるだけの小麦を確保できませぬ」

「なるほど。エルドラド家から持参した小麦もそこまでの量はありません。そうなると、商隊から購入するしかありませんな」

やはり、ワイルドファングの襲撃がかなりの痛手となってしまったようです。

我々がネスト村に来なければ、この冬にはこの開拓村も解散していた可能性があります。

タイミングが良いのか悪いのか……

「それにしても、貴族様のスキルというのは凄まじいものでございますね」

ワグナー村長が言っているのは、間違いなくクロウお坊っちゃまの錬金術スキルのことでしょう。

村長の視線の先には、ネスト村を囲う大きな土壁がそびえ立っています。

「クロウお坊っちゃまのスキルはかなり特殊でございます。私も、錬金術スキルというものがここまでのスキルだとは知りませんでした」

そんな話をしていると、クロウお坊っちゃまがようやく起きてきたようで、こちらに歩いていらっしゃいます。

昨日かなりの魔力を消費したと思っていたのですが、クロウお坊っちゃまの魔力はすっかり回復されて、なおその量が増えているようにも見えます。

私、実はこう見えて人の魔力量を感じることができるのです。一応、火属性のスキルを持っておりますし、簡単な回復魔法も少々。剣だけでなく、魔力にもそれなりの嗜《たしな》みがあるのでございます。

「ワグナー、家を建てる場所なんだけど、どの辺がいいかな?」

早速、ワグナー村長に確認するクロウお坊っちゃま。

なお、そのあたりの話はもう済んでおります。

大きな広場を中心として、周辺に村人の家屋を建てるようにするつもりです。広場を憩いの場として活用することで、村民の結束を高めるのでございます。

ワイルドファングの襲撃でボロボロになった家屋をクロウお坊っちゃまが全て建て直すことになったのですが……ここで、ネスト村を恐ろしい縦揺れが襲いました。

昨夜ワイルドファングに襲われた記憶が新しく、ネスト村の皆さんも動揺しております。

「クロウお坊っちゃま、何事でございますか」

見ると、昨日錬成してみせた空気砲とやらを、地面に豪快に撃ち込んでおりました。

まったく、クロウお坊っちゃまはお屋敷でも建てるおつもりなのでしょうか。

それにしても、錬金術スキルの認識はこの数日で大きく崩されることになりました。

私の知っている錬金術スキルというのは、Cランクポーションを作って日銭《ひぜに》を稼ぐだけのスキルでございます。フェザント様ががっかりなされたのも致し方ないことです。

しかし、クロウお坊っちゃまは、魔力との変換により自然物質にも干渉することができるとおっしゃっておりました。これは錬金術スキルを根底から覆す大発見かもしれません。

身近にある土や風を使って魔法を操る錬金術スキル。

特にワイルドファングを屠《ほふ》ったグランドニードルの規模は常軌《じょうき》を逸していました。

十二歳の子供がいきなり中級魔法を使ってみせたのですから。

常識では考えられません。

この錬金術スキルの力に、クロウお坊っちゃまの領地開拓の知恵が合わさると、いったいネスト村はどのように変貌を遂げることになるのか、今から楽しみでなりません。

この才能を、エルドラド領の辺境の一領主として終わらせてしまうわけにはまいりません。きっとこれは神様より任された、老い先短い私の最後のお役目なのでしょう。クロウお坊っちゃまの力を存分に引き出すべく助力をせねばなりません。

さて、まだまだ魔力が余りまくっているクロウお坊っちゃまに、もうひと働きしていただきましょう。


ネスト村にはやらなければならないことが山積みなのです。

「セバス、少し魔力を使いすぎたみたいだからしばらく休憩するよ」

「……魔力はまだ大量に残っているように思えるのですが、確かに休憩も必要でしょう。どちらでお休みなさいますか？」

「自分の家を造るの忘れてたから、ちゃっちゃっと造ってそこで休憩しようかな」

魔力がないと嘘をつきながら、造り上げたのは、今までに見たことのない形をした巨大な長方形の建物でした。

「三階建ての建築を一瞬のうちに……」

「一階はキッチンとリビング、お風呂場とトイレもある。水周りはあとで繋ぐからまだ使わないでね。二階部分はセバスの部屋と、オウル兄様の部屋、あとは客間がある。で、三階部分は僕の部屋にするから」

「は、はあ……」

「じゃあ、魔力回復しなきゃならないから、お昼寝……いや休憩してるね」

魔力はまったく減っておりません。また嘘をついてますね。少し大人びてきた気がしていたのですが、少しばかり教育も必要なようですね。

まだバレてないと思っているのかもしれませんが、繰り返すようならそのうち注意しましょう。

とはいえ、私も少し頭の中を整理する必要がございます。クロウお坊っちゃまの予想を超える働き振りに、正直言ってついていけてません。

◇

お昼寝から目覚めると何やら外が騒がしい。僕、クロウが窓から広場の方を見ると、どうやらオウル兄様と疾風の射手の三人が魔の森から戻ってきたらしい。

大きな獲物は見当たらないけど、大量の鳥が山になっていた。

「そういえばワグナーが、ラリバードが大量発生してるとか言ってたっけ」

僕は洗面台に錬成した水を溜めると、目を覚ますために顔を洗う。

この水の錬成については、マイホームで寝る前に試してみたら普通にできた。

近くに水はないけど、水の成分を構成する元素は空気中に含まれている。これも現代日本の知識がある僕だからこそできる錬成なのかもしれない。

この世界の人が空気の成分を知ってるわけないし、そこから水を連想することは難しいだろう。

「さて、バーベキューだ！」

広場に行くと、大きな歓声と共に村人総出でラリバードをさばいていた。早速、僕の造った設備が有効活用されているようでとても嬉しい。

僕はオウル兄様に話しかける。

「オウル兄様、大漁ですね。これがラリバードですか」

「お、おおう。ところで、このバーベキュー用の設備を造ったのはクロウなのか」

これだけのラリバードの量があれば、村人全員でも食べきれるかあやしい。

今夜は食べ放題だね。

確か塩と胡椒《こしょう》も持参しているはずだから、ふんだんに使って食べよう。ほら、士気を高めるには食が何よりも大事だし。

「はい、これでいつでもバーベキューができます！」

「錬金術スキルというのはめちゃくちゃだな。何でもできるんじゃねぇか？」

「いやいや、こういうのを器用貧乏というのでしょう。本職には及ばないでしょうし、あくまでも暫定的なものですよ」

「そ、そうか？　このテーブルとか王都でも見たことがない精巧さだと思うんだが」

「そんなことよりも、例の件はどうでしたか？」

実は、オウル兄様には魔物の間引《まび》きに併せて、もう一つお願いをしていたことがあるのだ。

「ああ、あったぞ。ヒーリング草にデトキシ草もな。クロウのお願い通り、土ごと持ってきてやったぞ」

やはり錬金術師としてスキルを授かった以上は、ポーションを販売してネスト村の特産品にしたい気持ちが強い。

というか、そのために他の荷物を減らしてまで大量の瓶を持ってきているのだ。

「ありがとうございます、オウル兄様」

「それは構わねぇけど、そんな物どうするんだ？」

「それは、あとのお楽しみです。今はバーベキューに集中しましょう」

「そうだな。やっぱ肉だよな、肉！」

忘れる前に、ここで僕の授かったもう一つのスキルで確認をしておこう。

そう、鑑定スキルだ。


【ヒーリング草】

［品質］中級

綺麗な水と合わせることで回復ポーションを作ることができる。

【デトキシ草】
［品質］下級
綺麗な水と合わせることで毒消しポーションを作ることができる。

【魔力腐葉土】
［品質］中級
作物や薬草が育ちやすい魔力濃度の高い栄養たっぷりの土。

鑑定すると、どれもそれなりに質が高いようで、今後のポーション作りにも期待が持てそうだった。

4　畑に魔力を、そして薬草を育てよう

僕が気になっていたのは、この魔力腐葉土と呼ばれる土だ。

この世界では、ヒーリング草やデトキシ草、マギカ草といったファンタジー植物がポーションの原料として使われる。

しかし、これらのファンタジー植物は、魔物が棲んでいる森や草原などでしか採取できないのだ。

セバスにも聞いてみたけど、今まで街で薬草が見つかったことはないという。

それらのことから、僕が立てた仮説は、魔力が多少含まれている魔物の糞尿などが落ち葉などと混ざり、薬草が育ちやすい栄養たっぷりの土に変わるのではないか、ということ。

セバスも興味深い話でございますと聞いてくれていた。

誰もが安全な場所で薬草を育てたいと一度は考えたことだろう。たまたま安全な場所で育つこともあったらしいけど、品質は劣悪で使い物にはならなかったらしい。

だが、僕の鑑定スキルによって、薬草が育つためには、この魔力が含まれた魔力腐葉土が必要な

のだとはっきりわかった。

「クロウお坊っちゃま、ラリバードの焼き鳥でございます。塩になさいますか？　それとも胡椒にいたしますか？」

「それはもう両方もらおうかな」

「それで、ヒーリング草と土の鑑定は終わったのでございましょうか？」

「うん、終わったよ。予想通り、薬草が育つには土に理由があったんだ」

「それでは、畑でヒーリング草を育てられるのでございますか」

「セバス、明日は畑仕事をする人たちを集めておいてもらえるかな。ネスト村では小麦の作付けは必要最小限に抑えて、高く売れる作物を育てたい」

「かしこまりました」

　普通の領地であれば、小麦は絶対に必要な作物である。というのも、開拓村ではまだ関係のない話だが、小麦は税になる作物だからだ。

　生産した小麦の約半分程度は、税として領主に納めることになる。そういうことなので、小麦の生産については、一家族における最低ノルマというものが決められている。

　これればかりは主食となる作物なのでしょうがない。農村では貨幣がそこまで広まっていないため、小麦がお金の代わりになることも少なくないのだ。

「それにしても、ラリバード美味《うま》っ！」

ほど良く甘い脂と引き締まった身の弾力により食感が良く、手が止まらない。塩とも合うし、胡椒のピリ辛とも相性が抜群だ。

「このラリバードのせいで、ワイルドファングを呼び寄せてしまっているのが残念でなりません」

うん、確かに。毎度毎度畑を荒らされてはたまったもんじゃないし、人が住む場所の近くまで魔物が来てしまうというのは、何とかしなければならない。まったく困ったものだ。

とはいえ、今日は楽しいバーベキュー。一日の疲れを焼き鳥で癒そうじゃないか。

広場は楽しそうに駆け回る子供たちと、たくさんのラリバードの焼き鳥に舌鼓を打つ笑顔の村人で溢れている。

土壁によりワイルドファングを気にしなくて良くなったこと、それから住環境が一気に改善したことで心にもゆとりが生まれてきているのだろう。

でも、まだまだ足りない物だらけなんだ。

ネスト村の改革はこれからだよ。

◇

翌朝から、早速ネスト村の農家チームを集めてもらった。五十名の村人のうち、約三十名が畑を耕す担当らしい。といっても、その数には女性や子供たちも多く含まれる。

「それにしても、思っていた以上に畑が荒らされてしまってるね……」

「せっかくここまで育てたというのに、残念でなりません」

ワグナー村長がガッカリするのも頷ける。成長していた小麦の半分以上が倒されてしまっているのだ。この辺境の地でここまで育てるのは大変なことだったのだろうに。

「これでは、冬を越せる小麦が足りません」

「セバス、エルドラド家から持ってきた小麦の量で冬越えの量は足りるのかな？」

「厳しいかと思われます。オウル様や疾風の射手の三人にたくさんの魔物を狩っていただかないと、商隊との取り引きも難しいでしょう」

なるほど、思っている以上に早く手を打たなければならないらしい。

「ワグナー、小麦の他に育てている作物は何かな？」

「ネスト村では小麦以外ではモロモロコシを育てます。乾燥した土でも水捌《みずは》けさえ良ければ育つ強い作物です」

早速モロモロコシを鑑定すると、ワグナー村長の言う通り、かなり育てやすい作物のようだ。そのまま茹でても食べられるし、粉にすれば小麦同様に日持ちのする主食にもなる。

あれだな、トウモロコシだ。

「セバス、モロモロコシは商隊に売るといくらぐらいになる？」

「そうでございますね、一つ百ギル程度でしょうか」

そこで、僕は大胆な決断をする。

「なるほど、それならモロモロコシを積極的に育てるのはやめよう」

「い、いや、しかし、モロモロコシは育てやすく、主食にも代わる作物でございます！」

「ワグナー、それからみんなも聞いてほしい。モロモロコシは百ギルの価値がある作物だね。ではセバス、ヒーリング草なら商隊はいくらで買い取ってくれる？」

「ヒーリング草一束であれば、三百ギルで買い取っていただけるでしょう。ちなみに、ヒーリング草百束は小麦五十キロと交換可能でございます」

セバスがわかりやすく説明をしてくれたことで、ワグナー村長も頭の中で計算できたようだ。

ハッとした表情でこちらを見ている。

「そういうこと。だから、これからは畑で最低限の小麦とお金になる作物を作ってもらいたいんだ。もちろん、モロモロコシも作っていいよ」

僕がそう言うと、ワグナー村長に続いて村人たちが騒ぎだす。

「し、しかし、ヒーリング草を畑で育てるなど聞いたことがございません。もし失敗してしまったら、我々は飢えてしまいます。それ以前に、この村には商隊は来ません。ヒーリング草を育てたとしても売ることができないのです」

「そ、そうだ、そうだ！　ヒーリング草は採取したら数日で枯れちまう。保管しておくことができない作物なんか作っても……」

僕はみんなを落ち着かせるように告げる。

「実は、今後定期的に商隊がネスト村に来ることになったんだ。早ければ一ヶ月後ぐらいには到着するかな。それから、育てたヒーリング草は全て僕が買い取るよ。もちろん、畑で育たなかった場合の補償もしよう」

「し、しかし、すぐに枯れてしまうヒーリング草をいったいどうするのですか」

「僕はこれでも錬金術師なんだ。そのヒーリング草で質の高いポーションを作って、一本数万ギルで売ってみせるよ」

「一本、数万ギル⁉」

高額な密封瓶を使ってもかなりの利益を生みだせる。これぞまさに錬金術というものだろう。

ネスト村のみんなにとっては、まるで夢物語のような話のはずだ。畑で作るのは小麦で、育てやすいモロモロコシを予備作物として作る。

これが開拓村の基本なのだ。

それでも、貴族であるエルドラド家が買い取り保証をしてしまえば一気にチャレンジしやすくなる。失敗してもお金がもらえる。しかもモロモロコシの三倍なのだ。

商隊が来るから小麦と交換ができるし、更にいえば、まだ小麦を税として納める必要のない開拓村ならこの話に乗らない手はない。

「うん。今は半信半疑でも構わないから、チャレンジしてもらえないかな？」

「補償していただけるなら、モロモロコシを作るよりも三倍の売上が手に入ります。やらない者はいないでしょう。それよりも、本当に畑でヒーリング草が？」

「畑の土の管理は必要になると思うけど、最初に耕すのは僕にやらせてもらえるかな。畑の土に魔力を混ぜ込むから」

「は、畑に魔力ですか？」

「うん。ヒーリング草が育つ土には魔力が多く含まれているんだ。魔の森から土を持ってくれば間違いないんだろうけど、危険だから僕が錬成する」

「あ、あの、もしも小麦畑に魔力を混ぜ込んだらどうなりますでしょうか？」

「どうなるのかな……セバス、わかる？」

「クロウお坊っちゃま、実際におやりになればよろしいかと。目の前には倒れた小麦がたくさんございます」

なるほど。途中まで育ってしまった作物にどのような影響を与えるのかわからないけど、どうせ処分しなければならないんだ。気軽にやってみてもいいかもしれない。

とりあえず、鑑定してビフォーアフターをチェックしておこう。


【小麦畑】

成育前に荒らされた小麦畑。

品質は悪く、畑の栄養分はかなり少なめ。


見たままというか、鑑定しなくてもわかるような状態だよね。

「よし、錬成、耕土《こうど》！」

畑の土を柔らかく掘り起こしながら、同時に魔力を一気に注入する。

畑が黄金色に輝くと、倒れていた小麦が徐々に立ち上がり始める。

やがて、穂についた実が大きく膨らんでいった。

「な、何と……」

「小麦が、小麦が生き返ったぞ！」

「す、すごい」


【小麦畑】

一般的な小麦畑。

畑の栄養分はやや少なめだが、魔力が豊富な土で小麦も元気いっぱい。


よし、成功だ。

それから、僕は全ての畑に魔力を注入していった。ワイルドファングに荒らされ倒れてしまった小麦も復活することがわかると、村のみんなが大喜びする。

「それじゃあ、ここからは薬草畑にするよ」

といっても、今までの畑が復活した以上、作付面積を大幅に増やすわけにもいかない。

「ワグナー。薬草畑、どのくらい増やそうか？」

「開墾《かいこん》はクロウ様がしてくださるのですよね。それでしたら、今の畑の倍でお願いします」

「えっ、そんなに増やして大丈夫？」

「薬草は育てたことがありませんが、生命力が強く周辺に雑草も生えないと聞きます。そこまで手間にはならないでしょう。それに、これからは安全に畑仕事ができるようになります。これぐらいの労力は問題になりませんとも」

確かに、この畑のあるエリアも近日中に土壁で囲われることになるし、害獣を気にすることもなく畑仕事に専念できるのだ。いけそうな気がするな。

それにしても、僕ばかり働きすぎている気がしてならない。早く軌道に乗せて楽をしたい。

「わかったよ。そうなると、僕もポーションでしっかり稼がなくちゃならないね」

これが上手くいけば、毎日適度にポーションを作っているだけで、のんびりスローライフが満喫できるようになるかもしれない。

いずれは錬金術師を囲い込んで、品質の高い薬草でポーションを作らせる。僕はたまに指導するだけでいい。まったく夢は膨らむばかりだ。

「ところで、クロウお坊っちゃま。ヒーリング草の種はどういたしますか？」

「ああ。それなら、昨日オウル兄様からもらったヒーリング草とデトキシ草を種に錬成しておいたんだ。今は数が足りないけど、そのうち全部の畑の分を用意できると思う」

「種に錬成してしまうとは……それは恐れ入りました」

しばらくはオウル兄様が魔の森に入っているので、ワイルドファングが再び攻め込んでくるというのも考えづらい。

となると、午後は狩人さんたちと話をしてから、夕方まで土壁錬成かな。


「……クロウお坊っちゃま、クロウお坊っちゃま、起きてください。広場に狩人たちが集まっております」

お昼休憩でマイホームに戻って寛いでいたら、いつの間にかお昼寝に突入してしまったらしい。

一度休むと、そこから再び仕事モードに入るまで気持ちを高めるのが難しい。

うむ、明日にしてもらおうか……

「クロウお坊っちゃま、開拓は一日の遅れが生死を分ける場合があります。最初が肝心《かんじん》でございます。さあ、起きてください」

うぅ、お布団を取らないで。

別に行かないとは言ってないのに、なぜかセバスに心を読まれている。そんなにわかりやすい顔をしていたのだろうか。

「クロウお坊っちゃまの目を見れば、だいたい何を考えているのかわかります。今は死んだ魚のような目をしております。さあ、早く顔を洗って広場まで来てください」

酷い言われようだ。十二歳の子供が死んだ魚の目をするわけがないだろう。

それでも洗面台で顔を洗うと、心なしか気持ちがスッキリとした感じがする。

さて、もうひと頑張りするかな。

広場に着くと、狩人チームの皆さんが緊張気味に整列している。農家チームの盛り上がりを目にしていただけに、自分たちはいったい何をさせられるのかと考えているのかもしれない。

「クロウ様、狩人チームのリーダーをしているカリスキーです。よろしくお願いします」

「うん、よろしくね、カリスキー。それが、今使っている罠《わな》かな？」

「はい、こちらで野ウサギやラリバードを捕まえます。奥にあるエサで誘《おび》き寄せて、カゴの中に入ったら閉まるようになっております」

よくある罠なのだろう。それでも、警戒心の強い野ウサギやスピード特化のラリバードはなかなか捕まえられないそうだ。

「武器は弓が多いのかな？」

「はい、遠距離攻撃が中心です。近接戦闘ではどうしても怪我が増えてしまうので……」

「なるほど、奥に入ると重みで扉が閉まるわけだね。でも少し小さいかな」

「ラリバードでもこのサイズであれば十分でございます。それに、罠に掛かるのは野ウサギがほとんどなのです」

狩人チームは、ネスト村周辺の肉の確保と魔の森から出てくる魔物の定期的な間引き、村の防衛が主な仕事になる。

「罠だけど、改良して野ウサギやラリバード以外にも使用したいと思っているんだ」

「ま、まさか、ワイルドファングですか？」

「そう、ワイルドファング。セバス、野ウサギを商隊に売るといくらになる？」

「そうですね、毛皮と肉で五百ギルぐらいでしょうか」

「ちなみに、ワイルドファングなら？」

「はい、ワイルドファングなら牙が千ギル、毛皮の買い取りで千五百ギル、肉は人気がなくゼロギルでございます」

なるほど、ワイルドファング美味しくないのね。最悪の害獣だな、おい。

「ありがとうセバス。つまり、野ウサギを捕まえた場合の、約五倍もの売上になるということだね」

「野ウサギの五倍の売上!?」

「森の脅威のほとんどはワイルドファングなのだから、罠の対象はワイルドファングに絞ってみない？」

「ワイルドファングを罠に……そんなことができるのでしょうか？」

「罠は僕の方で用意するよ。捕まえたワイルドファングは僕にちょうだい。全て買い取るからさ」

ワイルドファングの数を減らせれば、ネスト村の危険度はぐっと下がってくる。つまり、狩人チームが一番やらなければならないことはこれなのだ。

あとは、バーベキュー用の肉の確保もモチベーションのために何とかしたい。今はオウル兄様と疾風の射手がいるからいいけど、いずれいなくなってしまうからね……

◆

今日で、俺、オウルが魔の森に入るのは二日目になる。

相変わらず、ラリバードが異常発生している。何でこんなに大量発生してるんだよ。

ラリバードは魔物の中では珍しく、そこまで好戦的ではない。どちらかというと、他の魔物の食料になるケースが多く、その素早さを活かして逃げ回っているイメージが強い。

それでも注意するのはオスか。

メスは割かし大人しいとされているが、ラリバードのオスはそれなりに攻撃的だ。雌雄《しゆう》の違いは鶏冠《とさか》の大きさで判断できて、小さいのがメスで大きいのはオス。

ちなみに、オスは火を噴くからあまり近寄らせない方がいい。

「オウル様、今日はもう少し奥まで行かれるのですか？」

「できることならそうしたいが、これだけラリバードがいたら先にも進めんだろ」

話しかけてきたのは、疾風の射手のリーダーをしているヨルドだ。

こいつらは、魔の森の調査とネスト村の防衛のために雇った冒険者たちだ。俺と同様に三ヶ月程度の契約になっている。

俺が近接戦闘を得意とするため、邪魔にならないよう後方支援を得意とするパーティを選んでもらった。前衛は俺一人で十分だからな。

「これだけ数がまとまっているなら、クロウ様のグランドニードルで一網打尽《いちもうだじん》にしてもらった方が早そうじゃないですか？」

「なるほど、それも一理あるな。あまり森を傷つけたくはないが、こいつらを少し開《ひら》けた場所に誘導できれば試してみてもいいか」

「ははは っ、私の魔法使いとしてのプライドはズタズタになりますが、絶対その方が魔の森の調査が早く進みますね」

サイファが悲しそうな顔をしながら、お馴染みの自虐ネタを披露している。

俺自身、魔法についてそこまで詳しいわけではないが、クロウの魔法がおかしいのはわかる。

専門職のサイファの感想がそれなので、クロウが異質であることは間違いない。

ホーク兄か父上がいれば、もう少し詳しい判断もできるんだろうけどな。

それにしても、あのグランドニードルはすごかったな。あの規模のワイルドファングを一瞬で倒しやがった。

魔法がホーク兄の火炎魔法だったのなら俺も納得だ。しかし、実際には錬金術スキルという意味不明なもので倒したのだ。

「俺も放出系の魔法を扱えたらもっと強くなれるのか……」

「いやいや、勘弁してくださいオウル様。それ以上強くなって、いったい何を目指されるおつもりですか」

「そうは言うがヨルド、攻撃手段は多いに越したことはないし、剣に魔法を付与したりとかできたら強そうだろ?」

「なるほど、魔法剣士でございますか。ですが、バランスを取るのが難しいと聞きます」

ヨルドの言う通り、魔法も使えて剣も使えるとなると、どちらかに偏りが出てしまうものだ。一流でなくなってしまう者がほとんどだという。

放出系魔法が苦手な俺には、そもそも考えてもしょうがないことか……

特に不満があるわけではない。目指す先はまだまだ遥《はる》か高みにあるが、現状の成長具合としてはそこそこに満足している。

好きな剣術を活かせる程度の魔法しか使えないが、それが自分には合っているのだ。

身体補助魔法は、剣術のレベルを一つ先に進めてくれた。そういう意味では感謝しかない。

「とはいえ、クロウも忙しそうにしてたからな。あいつはあいつでやることがたくさんありそうだ。そもそも、魔の森については俺に任されている領分だ」

「おっしゃる通りですね。我々も雇われている以上は結果を残さねばなりません」

サイファが思い出したかのようにクロウのことを話し始めた。

「ヨルドの言う通りです。クロウ様は、短期滞在の私たちのために、わざわざ家を造ってくれました。もちろん、普通の土魔法で家は造れないはずですけどね。あれ、ネルサスも大絶賛だったろ」

「ああ、あの家、王都の宿屋よりも居心地がよかったぞ。オウル様、私はこの契約延長しても構いませんよ。というか、ぜひ延長したいです」

確かにバーズガーデンのお屋敷と比べても遜色なかったな。ネルサスが言うのもわからなくもない。

それにしても、全てを錬金術スキルで片付けちまうクロウが未だに信じられないな。

昔から剣術より魔法に興味を持っていたが、あれは剣術が嫌いで魔法に逃げていた感じだった。スキルを授かってからガラッと雰囲気が変わったよな、アイツ。急に大人になりやがって。

それはそれで少し寂しかったりもする。

まあ、男っていうのは急に大人になるものか。特に貴族として育てられると、その傾向は強くなるというしな。

「あっ、オウル様、ラリバードがあんな場所に固まってますよ」

ネルサスが小さく声をあげた。魔の森の中にぽっかりと開《ひら》けたスペースがあり、ラリバードのメスがひと塊になって集まっていた。

それは、魔の森で最弱のラリバードが眠っているという信じられない光景だった。

「こんな所をワイルドファングに見つかったら、まさに一網打尽だろうな」

「うん？　あれっ、あいつら何か食ってますね。あれヒーリング草じゃないっすか？」

ネルサスが指差したラリバードは、確かにヒーリング草をついばんでいる。

「ヒーリング草を食うと寝ちまうのか？　それにしてもやけに大人しいな……」

ヒーリング草をエサに広場に集めて魔法で一気に仕留めるというのも悪くはないか。いや、ここまで気の抜けたラリバードなら剣でも余裕だな。

「よしサイファ、お前の魔法で倒してみろ。範囲系の魔法は使えるか？」

「動かない敵が的《まと》なら何とかなるでしょう。山火事にならないように調整しますね」

「ちょ、ちょっと待ってください、オウル様」

「何だ、ヨルド」

「卵が落ちてます。あれ、ラリバードの卵じゃないですか？」

何と、眠るように大人しくしているラリバードのそばにいくつもの卵が落ちていたのだ。

「おいおいおい、もしかして、この辺境で卵料理が食べられるのか」

「オウル様、卵料理って美味しいんですか？」

「あー、最高に美味い。王都で一度だけ食べたが、特にラリバードの卵は味が濃くて最高だ。サイファ、魔法はキャンセルだ。卵を集めるぞ」

「集めるっていっても、どうやって集めるんですか？」

「ラリバードのメスなら恐るるに足らず。しかも今のあいつらは半分寝てるようなものだ。そっと採りに行く」

「ええっ！」

ヒーリング草を食べたラリバードは、俺たちが近づいても大人しく、それどころか寝ているまま動きもしない。そうして、あっさりと簡単に卵は集められたのだった。

5　ラリバードにヒーリング草を

その日の夕方に戻ってきたオウル兄様たちが、大事そうに抱えていたのはラリバードの卵だった。

ラリバードの卵が美味《びみ》であることは僕でも聞いたことがある。巣でも見つけたのだろうか。

この世界において、割れやすく流通させにくい卵は高級食材とされている。なかでもラリバードの卵は栄養価も高く、何よりも美味しいと貴族受けが良い。献上品としても使われているほどだ。

「オウル兄様、こんなにたくさんの卵をよく見つけましたね」

「おうよ、クロウ。それが聞いて驚くなよ。ラリバードはヒーリング草を食べるとめっちゃリラックスするんだ」

「は、はあ……？」

「リラックスすると、おそらく卵を産む。しかもリラックスしすぎて、ほとんどのラリバードは寝てるから卵も採り放題なんだ。たぶん」

「たぶん、って……」

「クロウ様、信じられないかもしれませんが本当の話です。ヒーリング草さえあれば、また卵が手に入るかもしれません」

ヨルドも言っているので、本当のことなのだろう。ただ、自生しているヒーリング草は一度採取するとしばらくは生えてこない。ラリバードに食べられたヒーリング草も同様だろう。

ヒーリング草がラリバードに食べられてしまうというのは予想外だった。早めに種を確保しなければならないかな。

「クロウ、やっぱり焼いてパンに挟むか？」

「そうですね、ラリバードの肉と一緒に合わせるといいかもしれません」

「なるほど、それはいいな。早速作ってもらおうぜ」

ラリバードの親子サンドだね。

ネスト村のみんなも興味津々のようで、おこぼれに与《あずか》れないかと視線の圧が強い。

ここ二、三日と美味しい食事にありつけているせいか、かなり期待されている気がしないでもない。卵はさすがに全員分はなさそうだけど、調理したらみんなにも分けてあげよう。

ネスト村の女性陣を集めてラリバードサンドの作り方を説明する。パンは半分に切って焦げ目が付くまで再び鉄板で焼いてもらう。

続いてラリバードを塩と胡椒で炒めていく。ここで出た甘い脂はトーストされたパンに塗り込むので取っておく。

最後に、ラリバードの卵を目玉焼きにしていく。ここで大事なのは半熟に仕上げることだ。濃厚な黄身は芳醇《ほうじゅん》なソースにもなる。

「やっぱり美味いな……王都で食べたのより美味いかもしれねぇぞ」

パリパリ食感のパンに、ラリバードの甘い脂と肉汁にトロトロの卵が混ざり合う。美味しくないわけがない。

僕はふと思いついて提案する。

「オウル兄様、ラリバードを飼ってみようと思うんですけど、どう思いますか？」

「ラリバードを飼うだと。いや、飼えるのか？　確かに捕まえるのはわけないかもしれないが……最弱だけど一応は魔物だぞ。村で飼うのは危なくねぇか」

話を聞く限り、ヒーリング草を食べさせておけば静かにしている。もちろん、火を噴くオスは論外だろうが、卵を産むのはメスなのだ。メスの飼育に成功すれば、毎日卵を食べることができる。

そして、このフォーマットが成功すれば、卵による食料革命が起こせる。

「ヒーリング草を畑で育てるようになるので、ラリバードにも飼料として安定して食べさせることができます。卵が安定して採れるようになれば、オウル兄様がバーズガーデンに戻っても毎日美味しい卵料理が食べられますよ」

「よし、明日はラリバードを捕まえに行くぞ！　クロウもついてこい」

しかしながら、それを隣で聞いていたセバスはいい顔をしない。めっちゃ働かされてるけど、小さいながらも僕はこれでも辺境の領主なのだ。魔の森という危険な場所へ向かわせるのは良しとはされないのだろう。

「オウル様、クロウお坊っちゃまにはネスト村でやることがいっぱいございます」

「そんなことはわかっている。それでも、飼育するならクロウも実際にあのラリバードを見た方がいいだろう」

魔の森に行ってる暇があるなら畑を囲う土壁を造らなきゃだし、井戸も掘りたい。トイレ事情も改善させたいから、ユーグリット川とネスト村を繋ぎたい。

つまり、やることはいくらでもある。

「ですが、魔の森に行くのは……」

「セバス、僕も見てみたいんだ。オウル兄様や疾風の射手がいる間じゃないと魔の森には入れないだろうし」

「むぅ……かしこまりました。オウル様、くれぐれも無理はなさらないようにお願いします」

「ああ、任せておけ」

そうと決まれば、優先順位はラリバードの飼育場だ。居住エリアに造るわけにはいかないから、畑の隣になるね。


早速、畑の隣にやって来た。どのぐらいの数を育てられるのだろう。飼料もタダではないし、ヒーリング草だけで育てられるとは思えない。鳥ならくず麦、野菜くず、モロモロコシなんかも食べるだろう。

魔物だけに何が気に入るかわからないけど、いろいろ試しながら育てていくしかない。

とはいえ、ネスト村自体の食料事情がまだ改善できていないだけに、無理な飼育は望ましくない。

土壁で範囲を決めて、平場飼いでのびのび育てよう。風雨避けの鶏舎《けいしゃ》も隣に建てて、自由に行き来できるようにしておけばバッチリだ。

「とりあえず、三十羽ぐらいから様子を見るかな。錬成、ラリバードの飼育場！」

これで建物はできた。

三分の一が卵を産んでくれれば毎日十個確保できる。今はそれだけでも十分だ。

「あっ、ワグナー。麦藁《むぎわら》はあるかな？」

「麦藁ですか？　それでしたら納屋にたっぷりございます。ここへ持ってこさせればいいですか？」

麦藁はベッドやソファの素材にもなるので大事に使いたいのだけど、ラリバードの卵の前には優先されるのだ。

「うん、お願い」

鶏に藁はリラックス効果があると聞いたことがある。あとは明日、ヒーリング草をキメているラリバードを観察しながら飼育方針を固めようか。

◇

そうして迎えた翌日。僕はオウル兄様たちと魔の森にいるのだが、そこにはとても信じられない光景が広がっていた。

「本当にやる気ない表情をしてるよね、オウル兄様」

ラリバードは眠そうな姿を隠そうともせず、目が完全にトロンとイッてしまっている。野生の魔物が本当にこれでいいのだろうか。

「だろう。こいつら完全にリラックスしてやがる。今日も卵が採り放題だぜ」

昨日の場所にはヒーリング草がほとんどなくなっていたせいか、ラリバードの数はまばらだった。

そこですぐに他の場所を探したのだけど、あっさり発見してしまったのだ。

「こんな体《てい》たらくじゃ、ワイルドファングも狩りに来るよね。これワイルドファングが悪いんじゃなくて、ラリバードの怠慢のせいでネスト村は襲われたのかもしれないよ」

「魔物にこんな特性があるとは知らなかったな。それで、本当に連れて帰るつもりなのか？」

「これだけキマッてれば、ちょっとやそっとじゃ覚醒しないと思うよ」

オウル兄様は、いつも獲物を入れている革袋を見ながら少しだけ不安そうだ。

魔の森はネスト村から近いところで五キロ程度。たった五キロとはいえ、その間を生きたままの魔物を背負って戻ることに抵抗があるようだ。

「革袋にどのぐらい入るかな？」

「寝てるとはいえ、生きてるラリバードだからな。無理やり詰め込むわけにもいかねぇし……五羽ぐらいだな」

なるほど、そうなると僕を含めて五人だから全部で二十五羽か。いや、僕の体力的には三羽が限界かもしれない。それでも最初は実験も兼ねてるわけだし、それぐらいで十分としよう。

「じゃあ、袋の下にヒーリング草を敷き詰めておいてね。あと、袋の内側にヒーリング草を擦《こす》りつけてくれるとなおいいかも。疾風の射手のみんなもいいかな？」

「「「かしこまりました」」」

そんな感じでお昼前には戻ってきてしまったのだけど、ネスト村のみんなもセバスも袋の中のラリバードに興味津々だ。僕たちが午前中に捕まえに行ったことは知っているので気になるのだろう。

村人たちが口々に言う。

「本当にラリバードを飼育するつもりなのか？」

「で、でも、見てよ。ぐったりして動かないわ。あんなに大人しいなら暴れることもないんじゃない？」

「クロウ様の土壁で囲われているし、大丈夫だろう」

「で、でも、ワイルドファングを呼び寄せることにならないかな？」

やはり村の近くで魔物を飼うということに少なからず恐怖はあるのだろう。

いくら美味しいお肉となり、栄養たっぷりの卵を産んでくれるとしても、身の安全が第一なのが辺境の地に住む者の心得《こころえ》なのだ。

僕は村人たちを安心させるように言う。

「ワイルドファングが来ても大丈夫なように、畑のあるエリアも土壁で覆うから安心してよ」

「そ、そうですね。クロウ様の土壁があればワイルドファングも村には入れねぇんだ」

みんなが嫌がっても、貴族のゴリ押しでいけちゃうだろう。それでも一応は許可を得ながら進めていきたい。

とはいえ、錬金術スキルのおかげでそれなりに信頼を得ているから大丈夫だとは思っている。それに、何人かは美味しい卵料理にやられているはずだからね。

「ヒウィ……ヒウィ……」

「おおっ、ラリバードが卵を産んだぞ。あんなに、やる気なさそうな目をしてるくせに！」

与えたヒーリング草をついばみ、変な鳴き声をあげながら、気持ち良さげに卵を産んでいく。誰もこれを見て魔物だとは思えないはずだ。

「こんなにも静かなのか……」

「おお、ほとんど動かねぇぞ」

「これなら安全だし、しかも卵も食べられる」

「毎日、卵が食べられるのか!?」

「いつでも食べられるようになるわ」

「ヒウィ……ヒウィ……ゴー」

「あっ、また卵を……」

「あんなに目が死んでるのに、どちゃくそリラックスしてるぞ！」

卵を産むラリバードを見て興奮する村人たちに向かって僕は告げる。

「あ、あのっ、ラリバードの世話をできる人を探しています。できれば、ヒーリング草を育てる方にお願いしたいのですが」

「そ、それなら、私が面倒見ましょう。うちは小麦をやめて全部ヒーリング草を育てるつもりです。

なのでお任せください」

ヒーリング草を作ってる人にラリバードの世話をお願いしたのは、毎日ヒーリング草をいじって体に匂いが染みついていれば、ラリバードたちからも好かれるのではと予想してのことだ。

早速立候補者が出たね。

「ありがとう、あなたのお名前は？」

「はい、ケンタッキーです」

「……そ、そうか。ラリバードを食べちゃダメだよ」

「もちろんでございます。我が家は肉を食べるのより、卵を食べるほうが好きですから！」

その名前だと何となくそうは思えないんだけど……こっちの世界の人にはわからないことだろう。

その後、何組かのヒーリング草農家の皆さんが手を挙げてくれたので、数が増えても大丈夫だと思う。

「ヒウィ……ヒウィ……」

足下のラリバードが僕が手に持っているヒーリング草をよこせとアピールしてくる。「持ってんだろ？　全部出せよ」と言っている気がする。

「わ、わかったから、順番だよ」

「目はあれですが、なかなか可愛いですな」

ワグナー村長はそう言うが、僕に気を遣っているのか、もしくは卵に目がくらんでいるのだろう、

可愛いわけないし。

これは完全に薬物依存の目だ……

今後、ポーションを作ろうとしている僕からしたら不安でしかない。依存性の強いポーションは作っちゃダメ絶対。

「ヒゥィ……ゴー」

【領地情報】　ネスト村
【人口】　五十名
【飼育動物】　目が死んでいるラリバードのメス
【造った物】　薬草畑、ラリバード飼育場
【備考】　安定的に卵が手に入りそう

6　商隊の到着

あれから一ヶ月、ネスト村に初めての商隊が到着した。

そう、僕たちが来てからもう一ヶ月が経過していた。

もちろん、来たのはブルーミン・スチュアート、エルドラド家お抱えの商会だ。ちゃんと約束を守ってくれたようで嬉しい。

ネスト村は大きく変貌を遂げていて、二重に囲われた土壁と新築の家が建ち並ぶ美しい村になっている。

「久し振りだね、スチュアート。来るのを楽しみに待っていたんだ」

「クロウ様、ここは……私は夢でも見ているのでしょうか。部下の報告では、たった五十名ほどの寒村《かんそん》であると聞いていたのですが」

「あー、うん、それで合ってるよ。村人はまだ五十人だからね」

僕たちが来た時の状況を思い出すと、スチュアートの情報は間違いなく合っている。しかしながら、かれこれ一ヶ月が経過しているのだ。

畑は大きく広がり、土壁はその全てを守るように建っている。ネスト村の人々は笑顔で汗を拭いながら元気に働いているのだ。

キルギス山脈から流れるユーグリット川から水を引き、生活用水の確保もできている。村には井戸も数箇所掘って安全な飲料水も手に入れた。鑑定でもキルギス山系の美味しい水と出ているので飲み水としても十分すぎる。

僕はこの一ヶ月のほとんどを土木工事に費やした。

川の水を引っ張るのはさすがに骨が折れたし、おそらく十キロぐらいは水路を掘って地盤を固めることを繰り返した。

錬金術スキルがあるとはいえ、川底から水が浸透していかないようにする作業に思いのほか、苦戦してしまった。

そんな苦労をしつつも、これもつい一週間前にネスト村まで開通し、再びユーグリット川へ戻す支流も繋ぎ終えた。

今後は、水不足に備えて貯水池を造り、汚水を浄化する施設を造っていく予定だ。

僕がやっているわけではないけど、汚物を運んだり、埋めたりする作業から早めに解放させてあげたいのだ。村の衛生面からも、僕の気持ち的にも何とかしたい。

「もう少し早く着くと思ってたんだけど、何かあったの？」

「い、いえ。ネスト村ではかなりの食料が必要になると思い、周辺の村からそれなりの量を集めていたため遅くなりました」

なるほど、気を遣わせてしまったようだが、少しでもお金を稼ごうとする商人らしい考えとも言える。もちろん、スチュアートなりに恩を返したいという気持ちが強かったのだろうけど。

「食料は足りてないから助かるよ。可能な限り全部交換したいかな」

「交換でございますか。魔の森の魔物の素材でございますか？」

「うん。ワイルドファングの牙に毛皮、ラリバードの羽毛もあるよ。それから、Aランク回復ポーションがある」

「Aランク回復ポーション!?」

スチュアートが驚くのも無理はない。下級ポーションと呼ばれている一般的なポーションがCランクで、これは止血《しけつ》や少しの体力回復に使われる。

Bランクになると、止血に加えて傷を癒す効果、そして体力回復度もかなりアップする。金額もそれなりに高額になってくるため、このあたりから貴族や上位の冒険者たちが使用するようになる。

しかしながら、Aランクになると市場にはほとんど出回らなくなる。作れる錬金術師が限られるというのもあるが、素材の取り扱いが難しいのはもちろんのこと、簡単には作れない代物だからだ。

Aランクの効果としては四肢欠損からの回復、体力回復についても、ほぼ全快に近い効果が得られる。また、難病や奇病からの回復も記録されているとか。何というか、曖昧《あいまい》な部分も多い。

こういう言葉になってしまうのは、Aランク回復ポーションの希少性ゆえだ。少なくともうちのような辺境伯領では見たことはない。

王都や公爵領で品質保持の魔法を掛け、数本保管されている程度だろう。

「そ、その、冗談ですよね？」

「ネスト村でならAランク回復ポーションを作れる」

畑には魔力がたっぷり含まれた良質な土があり、早朝に採取した上級のヒーリング草をすぐにポーションにすることができる。

水についても、僕の錬成でキルギス山系の良質な水から更に不純物質を取り除き、上級の綺麗な水にすることができる。

「試験用紙で調べても構いませんか？」

「いいよ。では、交換品をまとめている場所まで案内しよう。馬車はこの先の広場まで頼む」

スチュアートがポーションの試験用紙を持っているのには驚いた。さすがは、辺境とはいえ貴族であるエルドラド家お抱えの商会なだけはある。

試験用紙というのはポーションの濃度を測る物で、色に応じてランクがわかるようになっている便利な紙だ。

実際はわざわざ調べなくても僕の鑑定スキルで「Aランク回復ポーション」と表示されているので、何の問題もないのだけど、これを売るとなると物が物だけに、製品の保証をしっかりしなければばならない。

おそらくは、スチュアートもBランク回復ポーションの確認用としてたまたま持っていたのだろう。

「この土壁はひょっとしてクロウ様が？」

「うん、土魔法スキルを持っている人はネスト村にはいないからね。魔の森が近いから最初の仕事はこれだったんだ」

「い、いえ、土魔法を扱える魔法使いでもこんな短期間で、しかもこの分厚い壁は無理でしょう……これをクロウ様お一人で、しかも僅か一ヶ月で造り上げてしまうとは驚きです」

実際は三日で完成させてるんだけど、あまり言わない方がいいな。錬金術スキルで土ばっかり弄《いじ》っているせいか、他の属性に比べて土魔法はかなり扱いやすくなってるんだよね。

しかも、魔力は日々増えているようで成長期真っ只中。これも対外的には黙っておこう。セバスあたりは気づいているかもしれないけど……

「交換したい物はこっちの倉庫にあるんだ。さあ、入って入って」

広場から少し奥に進んだ所に倉庫を完成させてある。ここに穀物や魔物の素材、ポーションなどを保管しているのだ。

「こ、これは地下倉庫ですか……」

特にポーション類は、温度や湿度が一定の場所で保管しておいた方が品質をより良く保持できるため、地下倉庫にしている。

食肉用のラリバードなんかも量が増えてきたので、こうして地下に氷室《ひむろ》を造り冷凍保存をしているのだ。

ネスト村の食料事情としては、肉は若干余裕があり、穀物類は冬を越す分が足りてない。

「ポーションを持ってくるから、そこのテーブルで待ってて」

「は、はい」

倉庫に入ってからも、スチュアートは落ち着きなくソワソワしている。それほど、Aランクポーションを扱えることに緊張しているのだろう。

通常のポーションは薄いブルーをしているが、僕がスチュアートに見せるポーションは、薄紅色《うすべにいろ》をしたBランクと黄金色に輝くAランクだ。

つまり、色でもそのランクを判別することは可能ではある。それでも、金額が金額なだけに買い取りの際の試験用紙チェックは必須と言える。

大抵の場合、納入する製品からランダムに抜き取り調査を実施することになっているらしい。

「はい、Aランクが三本、Bランクが百二十本だよ」

「Aランクが三本も……」

もっといっぱい作れるんだけど、流通量が増えてしまっては価値を落としかねない。

しばらくは数本のみで様子を見ようと思っている。

「クロウ様、試験をするのにAランクを一本開けなければなりませんが、よろしいでしょうか？」

「もちろん、商売だからね。封を開けた製品についてはスチュアートに売ってもいいし、こちらで回収してもいい」

「う、売ってください！」

「あっ、そう。う、うん、売るよ」

何だかスチュアートの勢いに負けてしまった。一度封を開けたポーションは日持ちが悪くなり、徐々に劣化していく。

二週間もしたらAランクの質は保てなくなるはずだ。売り先に当てがあるのかもしれない。

「じゃあ、今回は特別に開封したAランクポーションはBランクと同じ価格で売ってあげる」

「ほ、本当でございますか！」

「うん、いいよ。そもそもネスト村に来てくれる商会はスチュアートだけだしね」

スチュアートは震えた手つきでポーション瓶を開封していく。用意した試験用紙に一滴垂らすと、すぐに紙に変化が起きる。

白かった試験用紙が反応して虹色《にじいろ》へと変わっていく。どのように変わったらAランクなのかわからないけど、この色がAということだろう。

続いてBランクも試験用紙で確認すると、今度はオレンジ色に変化した。

「本当にAランク回復ポーションですね。Bランク回復ポーションもこんなに本数があるなんて……」

　さて、価格がどうなるか。ここからが本番だ。

「スチュアート、このポーションはいくらで買ってもらえる？」

「Aランクは五千万ギルでいかがでしょうか。Bランクは一つ十万ギルです」

　五千万ギルが二本で一億ギル。十万ギルが百十九本で一千百九十万ギル。合わせると一億一千百九十万ギルになるのか。

　だいだいこちらで考えていた額と同じだ。Aランクは王都でオークションに掛ければもっと跳ね上がるとは思うけど、ここは辺境の地なのでしょうがない。

「わかった。その金額で構わないよ」

「それでは、持ってきました食料との差額をお支払いいたします」

「待って、魔物の素材もあるんだけど買い取れる？」

「手持ちでは足りないので、小切手を切らせてもらえませんか。次回来た時にまとめてお支払いさせていただきたいのですが」

「それで構わない。それから、スチュアートにお願いがあるんだけどいいかな」

「何でございましょう」

「ネスト村で移民を募集するから、エルドラド領と公爵派の領以外から人を集めてもらいたい。畑、家付きで三年間納税不要、週に一度ラリバード肉食べ放題、バーベキュー付きでどうだろうか」

「無茶苦茶ですね……公爵派、エルドラド領以外からというのは、近隣の村や派閥《はばつ》に影響が出ないようにということでございますね」

さすがスチュアート、理解が早くて助かる。ネスト村だけ拡大して、近隣の村や街がなくなってしまっては話にならない。

「うん、人集まるかな？」

「応募が殺到するでしょうね。クロウ様、何人まで受け入れますか？」

「千人でも二千人でも受け入れるよ。次に来る時に連れてこられるだけ連れてきてよ。人選は任せる。一応簡単な面談はさせてもらうことになるけど、盗賊とか裏稼業の人以外は全て受け入れるから」

「かしこまりました」

人が増えれば様々な問題も起こるものだ。でも僕には鑑定スキルがあるから、問題を起こす可能性のある者はあらかじめ判別できる。

例えばこんな風に。

【ブルーミン・スチュアート】
バーズガーデンに商会を構えるエルドラド家お抱えの商会長。
商隊を組み、エルドラド領と王都ベルファイアを行き来している。バーズガーデンの情

報に強い。

どのような仕事をしているのか、簡単な人物判断はできてしまう。

「それから、錬金術スキル持ちの人を優先的に集めてほしい。あと、可能なら品質保持魔法を使える人がいたらぜひ頼みたい」

品質保持魔法というのは、その名の通り品質劣化を防ぐ魔法だ。空間系のスキル持ちが使える魔法なんだけど、レアスキルのためそこまで期待していない。

あれば、ポーションの価値も更に上がるし、ラリバードの肉も卵も商隊の販路に乗せることができる。

「ネスト村でポーションを大量生産していくということですね。確かにそれが使えれば価格は更にアップしますね。何人か思い当たる者がおります。声を掛けてみましょう」

おお、スチュアートは頼もしい。人が増えれば僕が働かなくて良くなる。いい人を連れてきてね。

「錬金術師は何人でも受け入れるよ。鍛えればBランクポーションも作れるようになるだろうからね」

「そ、そんな簡単にBランクを作れるのですか？」

ヒーリング草の品質が高いし、水も僕が準備すれば高確率でBランクは作れるだろう。

「その人の頑張り次第だけど、レクチャーはしっかりするつもりだよ」

さて、さすがにこれだけの売上になると、父上にも話をしないといけないかな。

あとは、Aランク回復ポーションもいくつか渡さなければならない。貴族同士の付き合いや交渉ごとに使えるアイテムだからね。

「話は変わるのですが、実はクロウ様に紹介したい方がおります」

「紹介したい人？」

「はい。実は周辺の村を回っている時に、オウル様を捜して旅をしている令嬢と会いまして」

「令嬢か、面倒ごとではないよね。ん？　オウル兄様を捜してるのか……」

スチュアートが令嬢というからには、貴族の令嬢ということになるだろう。

「はい、お隣のランブリング子爵の長女であられますローズ・ランブリング様です。オウル様を訪ねてバーズガーデンに行ったそうですが、こちらに来ていると知って、途中から私どもと行動を共にすることになったのです」

ローズか。僕の古くからの知り合いだ。

「なるほど、オウル兄様は魔の森で狩りをしてるから夕方まで戻らないかな。それで、ローズは今どこに？」

「村を見物すると言っておりました。広場にお出《い》ででしょう」

「なら、あまり待たせるわけにもいかないね。家に案内するよ。あとのことはセバスに任せるからよろしく頼むね」

「はい、かしこまりました」

ランブリング子爵領はエルドラド領の東に隣接する土地で、お隣同士良好な関係を構築している。言うなれば、同じ派閥の仲間といったところだ。どちらもローゼンベルク公爵家の寄子《よりこ》であり、領地も近いことから交流も盛んに行われている。

小さい頃からローズもバーズガーデンによく遊びに来ていた。

そういえば、ローズも僕と同じ歳だからスキルを授与されたはず。彼女はオウル兄様と同じく騎士を目指して剣術を鍛え上げてきた天才だ。

オウル兄様のように剣術の助けになるスキルを得られたのならいいのだけど。

僕のような不遇スキルでないことを心より祈りたい。

広場に向かうと、子供たちに交ざって滑り台の順番待ちをしている金髪の美しい少女がいた。

まぁ、十二歳だからギリギリセーフといえばセーフだ。

「何なのよ、この遊具は。こんなの王都でも見たことがないわ。単純ではあるけど奥深いわね。急な階段を上って滑り降りる高揚感。繰り返し滑ることで幼い頃から足腰を鍛える算段ね。これを造った者は天才なのではないかしら」

村の子供たちは意味がわからなそうにローズの話を聞いているが、一緒に遊んでくれるお姉ちゃんが来てくれたと喜んでいるっぽい。

ローズだから大丈夫だけど、そのお姉ちゃん一応貴族だからね。

「これはね、クロウ様が造ってくれたの！」

「これを、クロウが？」

「ローズ、ようこそネスト村へ。家へ案内するよ」

「クロウ久し振りね。ちょっと待って、あと一回滑り台を楽しんでからよ」

「お、おう」

その後、ローズを家に案内できたのは、滑り台を追加で五回ほど滑り終えてからだった。

それにしても、一気に村の子供たちと仲良くなってしまったな。

これがまさしくローズらしいところだろう。

誰とでもすぐに仲良くなってしまう、言うなれば貴族らしくない性格といったところか。

気軽に一人で旅しちゃうし、商隊のキャラバンに乗って辺境の地まで来てしまう。ランブリング子爵も困っていることだろう。

「スキルのことは父から聞いたわ。その、残念だったわね」

同い歳の子を持つ親同士、スキルの話でも話題に上がったのだろうか。どうやらローズは僕の不遇スキルを知っているようだ。

「そうだね。でも、エルドラド家にはホーク兄様とオウル兄様がいるからね。僕は僕のやれることをやってみるよ」

「ふーん、少し会わない間に雰囲気が変わったのね。落ち込んでいるかと思ったけど、そうでもなさそうで安心したわ」

「そういえば、ローズもスキルを授かったんでしょ？　どうだったの」

「よくぞ聞いてくれたわ。オウル様と同じ風属性魔法のスキルを頂いたの。私も放出系ではなく、身体補助系の魔法よ」

とても嬉しそうに授かったスキルを説明するローズは見た目よりも幼く見える。少しうらやましいな。

「おお、それは良かったね。じゃあ、ここに来たのは……」

「うん、オウル様に風属性魔法の使い方を教えてもらいたいと思ったの。バーズガーデンに行ったら、ここで魔の森に入っていると聞いたから思わず来てしまったわ」

魔の森と言ったあたりで声のトーンが上がっている。やはりこの戦闘狂も戦いに飢えているのだろう。

ローズが一人旅を許されている理由の一つが剣術の強さだ。オウル兄様ほどではないが、このご令嬢も恐ろしく強い。盗賊程度なら瞬殺してしまうだろう。

「一応聞くけど、ランブリング子爵にはちゃんと伝えているんだよね？」

「大丈夫よ。お父様もオウル様がいるから、そんなに心配はしないと思うの」

「だと、いいんだけどね」

オウル兄様は王都の剣術大会で優勝したことで、その実力を多くの貴族にも認められている。優勝したのは少年の部だけど、騎士学校からの推薦状はその日のうちに届いていた。

同じく騎士を目指しているローズにとって、オウル兄様は憧れの存在なのだろう。

「それにしても、この奇っ怪な家は何？　滑り台やジャングルジムもそうだけど、この街は変わった物が多いのね」

「ローズ、ここは街じゃなくて村だよ。ネスト村だって言ったでしょ」

「ふざけないでよ。これだけの防衛機能を備えた村があってたまるものですか」

戦闘狂のローズに、そこまで言わせることができたのなら村の防衛としてはひとまず安心だ。

「この辺りは魔の森からワイルドファングが来たりするから危ないんだよ。村人の安全を確保するのが領主の役目だからね」

「そ、そうよね。魔の森か。それならば、しょうがないわね……ねぇ、ちょっと魔の森に行ってきてもいい？」

「ダメだよ。いくらローズが強いからって、オウル兄様が一緒じゃなければ認めないよ。それに、旅で疲れてるでしょ。お風呂にお湯を入れておくから疲れでも癒しなよ」

「む、村に風呂があるの！　そ、それはもう街ではないかしら？」

街、街うるさいな。そんなにネスト村を街にしたいのだろうか。

「お風呂はまだこの家にしかないけどね。今夜は商隊が来てくれたから、広場でバーベキューをして親交を深めようと思っているんだ。楽しみにしておいてよ」

「バーベキューね。わかった、楽しみにしてるわ」

そういえば、ローズの部屋がないな。しばらくは滞在するんだろうし、家を造ってあげた方がいいのかな。

とりあえず、どうするかはあとで聞いてからでもいいか。

さて、スチュアートの方はどうなってるかな。あと、父上宛ての手紙を用意しておかないといけないか。

相変わらず、辺境の地はやることがありすぎて困る。早くのんびりスローライフに移行したいものだ。

[領地情報]　ネスト村
[人口]　五十名＋ローズ?
[造った物]　地下倉庫
[特産品]　Aランク回復ポーション、Bランク回復ポーション

◇

「クロウお坊っちゃま、精算内容はこちらの通りでございます。足りない分、小切手で一億ギルが次回スチュアート商会で用意する金額でございます」

「えっ、何でそんな金額になってるの？」

Aランクポーションがあったとしても、スチュアートもそれなりに食料を持ってきていたし、大きなキャラバンだからお金だっていっぱい持ってると思ったんだけど。

「魔物の素材が思いのほか、買い取り額を増加させました。なかでも、ラリバードの羽毛で作った布団《ふとん》と枕《まくら》が高額で取り引きされております」

「ああ、なるほどね。あれは売れると思ったよ。何せフカフカだからね……」

スチュアートのことだ、貴族向けに高級羽毛布団として売るつもりだろう。布団を見たスチュアートの目が輝いた様子が目に浮かぶ。

我が家のお布団と枕もこのフカフカ羽毛に全て切り替わっている。オウル兄様がバーズガーデンに絶対持ち帰ると言っているほどの逸品だ。

「次回の予約もかなりの量を頂いております。羽毛の量はそれなりにストックがございますが、裁縫をする人員が不足しております」

「今後人も増えてくるから、それまではできる範囲でやっていこう。移民を呼んでもらうことになっているからそれに期待したいね」

「そうでございますか。それからAランクポーションについてですが、フェザント様にお話をしなければなりません」

「うん、お父様への手紙を用意した。スチュアートに届けてもらおうかと思っているんだけど」

「それでしたら、私が直接お持ちしましょう」

「セバスが？」

「Aランクポーションとなると、さすがに誰かが説明に行かねばならないでしょう。しかしながら、クロウお坊っちゃまがここを離れるわけにはいきません」

「そ、そうだね。じゃあ、申し訳ないけどセバス頼むね」

「はい、かしこまりました。スチュアートと共に出ますので、それまでにAランクポーションを数本ご用意願います」

「うん、了解」


広場ではバーベキューに慣れてきたネスト村の皆さんが準備を始めている。

女性陣は野菜や肉の下ごしらえをしていて、男性陣は薪《まき》や鉄板等を運び入れている。

「あっ、クロウ様。商会からの荷物の確認をお願いします」

広場に来た僕を捜していたのか、村長のワグナーに呼び止められた。

「そうだったね。小麦はかなりの量を持ってきてくれたみたいだね。これなら移民が増えても冬を越せるぐらいあるかな。あっちは何？」

「レッド村から買ったトメイトでございます。そのままサラダにもなりますが、私どもは煮込み料理やソースにして使います」

これはあれだな、トマトだね。確かにトマトのままだと日持ちはしない。長く使うならソースにして保管した方がいいかもね。

「こっちにあるのは？」

「それはラグノ村で仕入れた乳製品だそうです。さすがに牛乳はありませんが、加工したチーズとバターがいっぱいございます。こちらは地下倉庫、氷室の方に入れておきます」

大量の小麦、トマト、チーズ。これらの食材があればピザが作れる。ネスト村にはモロモロコシもあるから、とりあえずコーンピザか。

「ワグナー、チーズとトメイトは広場へ持ってきてくれ。それからモロモロコシも一緒に！」

「はっ、はい。かしこまりました。何か作られるのでございますね。食材はどのようにいたしましょうか？」

「トメイトは煮込んでソースにして、チーズは適当なサイズにちぎっておくように。あと、焼く前のパンも用意しといてくれるかな」

「はい、すぐに用意させます」

そして、僕がやるのはピザ窯《がま》造りだ。久し振りにピザが食べられる。もちろん手は抜かない、最高のピザを食べようじゃないか。

「錬成、ピザ窯！」

広場の端っこにスペースを見つけると、そこに錬成したピザ窯を造り上げていく。この一ヶ月に及ぶ土木工事の成果がピザ窯に生きてくる。

下から火を入れられるように空洞にして、蓋を取りつけておく。次に、ピザを熱するための平らな台を造り、熱を逃がさないように上部をドーム型にして包み込む。

「クロウ様、これは何？　また遊べるやつ？」

子供たちが新しい遊具と勘違いして集まってきてしまった。

「これはね、ピザ窯と言って調理する物なんだ。あとでピザを食べさせてあげるから楽しみにしててね」

「ピザ？　美味しいの」

「うん、とっても美味しいからお友達も連れておいで」

「わかったぁ！　連れてくる」

それからしばらくして、食材が揃ったのでピザ窯に火を入れていく。イメージで造ったにしては思っていた以上に高温をキープできている気がする。

ピザ生地を伸ばしてトメイトソースを塗り込み、モロモロコシの粒とちぎったチーズをふんだんに載せていく。

何て、簡単なんだ。

あとは焼くだけ。

ピザ窯の奥へ入れていくと、すぐに生地が膨らみ、チーズが焼け溶けてふんわり良い香りが広がっていく。

バーベキュー組も、この香ばしい匂いと見たことのない料理を遠巻きにして様子を見ている。ああ、次はラリバードの肉を載せてもいいかもね。

「よしっ、こんなもんかな。完成っと……ほふ、ほふっ、う、うまっ！　チーズとろっとろだよ」

みんなの視線が強くなっている。あとでいくらでも使わせてあげるから待ってなさい。

「クロウ様、お友達を連れてきたよー」

さっきの子がタイミング良く友達を連れてきたようだ。

さて、子供にはピザ窯は危ないから、僕が作ってあげないといけないか。

「はい、じゃあ並んで待っててね。すぐに新しいの作るから……って、ローズ！　友達ってローズなの⁉」

「うん！」

「な、何よ。私じゃダメなの？　それよりも早くそのパンよこしなさいよ。すごくいい匂いがするんだけど」

「パンじゃないよ、ピザだよ」

それからしばらくの間、僕はピザ窯担当になってしまった。

おかしい、僕って貴族だったよね？

魔の森から戻ってきたオウル兄様たちもピザを気に入ってくれたようで、ピザ窯をバーズガーデンに持って帰ると駄々をこねている。布団に続いてピザ窯もか。

「それにしてもクロウは本当に変わったわね。もっとお子様だと思ってたのにびっくりしたわ。あと、その錬金術スキルは普通じゃないわよ」

さっきまで広場になかったピザ窯が、お風呂から上がったら完成していたのだ。そりゃ驚きもするか。

でもね、ローズ。

ピザ窯で領民の命を守ることはできないんだよ。

[領地情報]　ネスト村
[人口]　五十名
[造った物]　ピザ窯
[備考]　ピザ人気上昇中

7 ラヴィーニファングの赤ちゃん

「はいっ、狩人チーム集合してください」

ネスト村には空前のピザブームが訪れている。生地にトメイトソースを塗って具材とチーズを載せるだけ。

焼く時間は二、三分。簡単にできてしまうため、朝からピザ窯行列ができてしまっている。ちょっとしたファストフードといってもいい。

「はいっ、ピザ窯の方を見ない！　あとで食べればいいでしょ。ていうか、さっき朝食を食べ終わったばっかだよね？」

今日は狩人チームに渡していた罠の状況を確認するつもりだ。オウル兄様に頼っていられるのもあと二ヶ月少々。

僕たちはただ守るだけでなく、少しだけ、ほんの少しだけ攻める勇気も必要なのだ。

「それでは、報告をリーダーのカリスキーからよろしく」

彼の鑑定結果はこんな感じだった。


【カリスキー】

三十二歳。男。

狩人チームのリーダー。

気遣いの男。みんなからの信頼が厚く、まとめ役に適している。男同士の熱い友情が大好物。


まだ三十代前半と若いけど、罠や弓の扱いに慣れていて、年齢問わず幅広く村民に慕われていた。

ということで、彼をリーダーに任命しておいた。こういう時、鑑定って間違いがないからいいよね。

「は、はい。魔の森でラリバードの数が減っているので、徐々に罠に掛かるワイルドファングが増えてきてます」

なるほど。最初の頃は罠を仕掛けても全然だと聞いていたけど、増えるんだ。まあ、確かに簡単に狩れるラリバードがいるのに、わざわざ怪しそうな罠には近づかないか。

「ラリバードのメスはネスト村で飼育するために薬草漬けにされているし、オスは羽毛兼、鶏肉需要で乱獲されているからね」

今後は繁殖を視野に入れて考えていく必要がある。絶滅してしまったら、卵も肉も羽毛も手に入らなくなる。問題があるとすればオスの気性の荒さだね。

ヒーリング草で大人しくできるとして、そこから交配させる手段を考えなければならない。オスは火を噴くから面倒だ……

「クロウ様にワイルドファングの素材を全て買い取っていただけるので、最近では余裕が出てきています。皆、夜は羽毛布団作りの副業もやっており、野ウサギを狩っていた頃からは想像もつかないぐらい暮らしは向上してます」

「そ、そう。副業もしてたんだね。君たち手先器用だからね。とりあえず、現地視察に向かおうか。実際使っている罠の状況も見てみたいからね。じゃあ、ネルサスも一緒によろしく」

ネルサスは僕の護衛のために付き添ってもらうことになっている。狩人チームもいるから大丈夫だとは言ったんだけど、念のためだとオウル兄様に言われてしまったのだ。

ちなみに、オウル兄様はローズを連れて魔の森の少し奥に行ってみるそうだ。朝からローズのテンションがアホみたいにうざかった。

「はい、行きましょう。別に私がいなくてもクロウ様がいるから安全だと思うんですけどね」

どうせなら魔法使いのサイファァに来てもらおうと思ったんだけど、サイファァ本人から僕とあまり一緒に行動したくないと断られてしまったため、護衛はネルサスにお願いした。

サイファァに嫌われるようなことをした覚えはないんだけど。どうせなら魔法談議でもしながら魔の森に向かいたかったのにな。

「サイファは、僕のこと嫌いなの？」

「あー、違いますよ。あいつ、クロウ様の魔法を目の前で見ちゃうと、自分がダメな人間に思えちゃう病にかかっちまったんですよ」

「えっ、何それ、怖い。火属性魔法の話とかしたかったのになー」

「クロウ様がすげー火属性魔法使ったら、あいつ立ち直れなくなるかもしれないんで、一応気をつけてもらえませんか？」

火属性魔法は、今のところ食事かお風呂の水を沸かす時ぐらいにしか使っていない。僕が錬金術スキルで火属性魔法を使う場合、種火《たねび》が必要になる。すげー魔法というのは難しいだろう。

火山でもあったら火属性魔法で無双できるかもしれないけどね。

「火属性魔法は苦手だから大丈夫。使いやすい魔法はやっぱり土属性なんだよね。慣れてきてるのもあるけど、素材が身近にあるのが大きいよね」

この世界に、土のない場所なんてほとんどないからね。

「そろそろ魔の森が見えてきましたね。クロウ様も一応、気をつけてくださいね」

一応って何だよ。ネルサスも僕に対する態度が変わってきてる。護衛対象なんだから、ちゃんと守ってくれよな。

森に入ると、カリスキーが指示を出して周囲を警戒している。オウル兄様のおかげでワイルドファングの数もかなり減ってきているので、大丈夫だとは思うけど、まだまだ油断はできない。

「クロウ様、一つ目の罠があちらになります。どうやら、大漁のようですね」

あれはラリバード用の罠か。ラリバードは簡単に捕まえられる。普通ならスピードも速く難しいのだけど、コイツらはヒーリング草に目がない。

ということで、罠として仕掛けた檻《おり》の中に、ヒーリング草を入れておけば勝手に集まってくる。罠は一定の重量を超えると閉まるように作ってあるので、現在十羽ほどのラリバードが倦怠感《けんたいかん》丸出しの死んだ目でだるそうにしている。

そのやる気のない表情からは、早く追加のヒーリング草をよこせと言わんばかりのふてぶしさも窺《うかが》える。

「これはどうやって運ぶの？」

薬がキマッているとはいえ、コイツらは魔物なのだ。少なからず危険はあるだろう。

「新鮮なヒーリング草を食べさせます。そうすれば半日は大人しくしていますので、革袋に詰め込んでおいても大丈夫です」

お前たちの中の野生はもうどこにもないんだね。

「あっ、そうなんだね……」

カリスキーが指示をすると、新鮮なヒーリング草をラリバードに与えていく。だるそうな体を何とか動かし、早くくれ、それ、早くくれよ！　と、虚《うつ》ろな目をしながらついばんでいく。

「ヒゥィ……ヒゥィ……」

ああなったらお終いだな。僕も薬には十分注意しよう。何でも飲みすぎ、摂取しすぎは良くないのだから。

「つ、次行こうか」

「これが、ワイルドファングの罠です」

続いて案内された場所には、今度こそワイルドファングが捕えられていた。

罠は一緒だけど、エサがヒーリング草ではなく、ラリバードの骨付き肉に変更されている。

「ガルルルッ！　ガルァ！」

「ここ最近で罠に掛かる数も増えてきました。クロウ様の作った、この頑丈な檻のおかげです」

僕の錬成した土の檻はかなり頑丈に作ってあるので、ワイルドファングがどれだけ暴れても問題ない。

そして、狩人チームがワイルドファングに槍を突き刺す。

いくら俊敏なワイルドファングでも、この狭い檻の中では逃げようがない。

安全で簡単すぎる狩りだ。でも、それでいい。

こうして、ワイルドファングが死んだのを確認してから素材を回収していく。

あとでラリバードの骨付き肉をぶら下げておけば、数日後には新たにワイルドファングが入っているだろう。

「今のところ問題らしい問題はなさそうかな。仲間が近くにいるかもしれないから、周囲の安全確認は怠《おこた》らないようにね」

「もちろんです。あ、あとですね」

「何？」

「実は、何度もこの檻でワイルドファングを殺しているので、血の臭《にお》いが付いてしまって警戒され始めてるような気がするんです」

「血の臭《にお》いかー。確かにそれは困るね」

簡単なのは新しく罠を作り替えればいいんだろうけどね。毎回僕がやるのも面倒だ。早く僕以外の錬金術師を育てたいね。

といっても、今はまだ無理だからそれまでは別のやり方を考えよう。

「ラリバードの罠とワイルドファングの罠をローテーションして使っていこう。ヒーリング草の消臭効果を期待したいところだね。あと、ワイルドファングの血はラリバードの血で上書きしていくように。血には血をだよ」

「な、なるほど、クロウ様の考えの柔軟さには相変わらず恐れ入ります。それなら大丈夫かもしれませんね」

「それでも厳しいようだったら、違う場所に罠を置き直すからさ。今はそれで我慢してくれるかな。

さて、次の罠の場所に連れてってくれるかな」

「はい、こちらです」

魔の森の浅い場所を中心に罠を置いている。この位置だと魔物はラリバードと、ワイルドファングぐらいしか見かけない。

なので、他の魔物が入っていることは今までもなく、棲み分けがそれなりにはできているのだと思っていたんだけど。

「これは新しい魔物かな？」

「えっと、私たちも見たことがないのですが、これは、シルバーのワイルドファング……の赤ちゃんですかね？」

通常のワイルドファングは赤黒い毛をしてるんだけど、目の前で罠に掛かっているこの小さなワイルドファングは、見たこともない鮮やかなシルバーの毛をモフモフさせている。

疲れてしまったのか、ラリバードの骨をくわえたまま寝ているようだ。なかなか可愛い寝顔をしている。

すると、ネルサスが魔物と僕の頭を見ながら呟《つぶや》く。

「クロウ様の髪と同じようなシルバーですね」

そう言われると、妙な親近感が湧く。

よし、鑑定してみるか。

【ラヴィーニファングの子供】

メス。

雪の降り積もる山岳地帯を縄張りとする伝説の氷狼《ひょうろう》。少頭数しか発見されていないレア種で、成体になると魔物ランクAになる。自らが死ぬ時、分身を産み落とすとされている。


ランクAか……

こんなに可愛いのに高ランクの魔物だったとはな。

さて、どうしようか。

「ネルサス、ラヴィーニファングって知ってる？」

「ラヴィーニファングって、伝説の氷狼ですよね。ギルドで聞いたことがあります。姿を見たことのある生存者は少ないらしいとかって……ま、まさか！」

そのまさかだよ。ネルサス君。

「どうやら、この子はラヴィーニファングらしいよ。サイズ的に産み落とされたばかりのようだね」

つまり、近くでこの子の親が死んでいる可能性がある。

自らが死ぬ時、分身を産み落とすとされている。

僕の鑑定スキルにはそのように書かれている。

「クロウ様、生け捕りにしたら高額で取り引きされるかもしれません。何せ伝説の氷狼ですからね」

「そうか、ネルサスは血も涙もない人だったんだね。こんな無垢《むく》で何も知らない赤ちゃんを売るつもりだなんて」

「い、いや、そういうこともあるよって話をしただけですってば。それに、成長したら魔物ランクAですよ。ヤバい魔物なんですよ」

ラリバードのように簡単に飼育できるなら楽なんだけど、そういうわけにもいかないか。

「とりあえず、村に持って帰ろうか。逃がしても、すぐ死んでしまう。それはそれでいたたまれないし」

「助けた恩を仇《あだ》で返されるかもしれませんよ」

「うん、オウル兄様とセバスの話を聞いてから判断しようと思う。見た目的には危ない感じもしないからね」

ここは、生まれたばかりでも生と死が隣り合わせな魔物の世界だけど、手に届く範囲で助けられる命は助けてもいいかなとか思ってしまった。

断じて僕の髪の毛と色が同じだからではない。

それにしても、この子は何でこんな場所にいるのだろうか。おそらくだけど、この子の親はキルギス山脈の雪の降り積もるエリアから下りてきたのだろう。雪があるのはこの辺りだとそこしかないしね。

◆

俺、オウルが魔の森に入り一ヶ月も経つ頃には、あれほど溢れていたラリバードの姿もかなり減っていた。

村の狩人チームがクロウの作った罠でラリバードを捕獲していったのも理由の一つだ。

メスは捕獲され、オスは羽毛と食肉へと変わっていった。

「そういえば、いつの間にかラリバードの飼育場が拡大していたな」

「ラリバード飼育してるの!?　えっ、どういうこと?」

今日から一緒に魔の森に入ることになったローズが驚いている。

まあ、俺も最初は驚いたからな。魔物を生活圏で飼育するなんて、スライム以外で聞いたことがない。

ちなみに、スライムは排水や下水の処理用としてネスト村でも活躍してもらっている。

汚水を川に垂れ流しするのはダメです!　とか、クロウが声高《こわだか》に叫んでいた。

もうしばらくしたら排水設備も完成するのだろう。クロウはネスト村をどこまで高度な生活を送れるようにするつもりなのか。

それにしても、あいつ急に綺麗好きになったよな。

やたら風呂に入るし。

「クロウが話してなかったのか？　畑エリアの奥にラリバードの飼育場があるんだ。大人しいメスだけ集めて卵を産ませてんだよ」

「大人しいって、ラリバードも魔物よ。いくら何でも村で飼うのは危険すぎるわ。それにしても、鳴き声がまったく聞こえなかったんだけどどういうこと？　ラリバードって結構うるさいわよね」

確かにヒゥィ、ヒゥィってうるさく鳴く鳥だ。ヒーリング草をあげればリラックスするけどな。

「あー、それなら大丈夫なんですよ。奴らはヒーリング草を食べさせておけば、めちゃくちゃリラックスするんです。ほらっ、ネスト村では畑でヒーリング草を育ててるでしょ」

ヨルドがローズに説明してくれたのだが、今度は違うところに引っかかってしまった。

「はああ？　畑でヒーリング草を育ててるですって！　薬草が畑で育つなんて聞いたことがないわよ」

ローズが驚くのも無理はないか。クロウのやっていることは一般の常識から、ちょっとずれている。

「それも、クロウがやり始めたことだ。もともと、この村に来る前にセバスと構想を練っていたらしいからな」

「ま、また、クロウなの……何かクロウって変わったわね。領地経営とかまったく興味なかったでしょ。そもそも勉強とか大っ嫌いだったと思うんだけど」

「地頭がいいんだろ。魔法使いは頭がいいって言うしな。ホーク兄を見てればわかる」

ホーク兄は魔法もそうだが、様々な知識を集めることに貪欲《どんよく》で多くの資料をまとめている。

俺は体を動かすことしかできないから、エルドラド家をまとめていくのは、ホーク兄に任せておけば大丈夫だと信頼している。

「でもクロウって、ホーク様みたいな知性的な感じでもないのよね。オウル様のような逞《たくま》しさもないし……どちらかというと、ボーッとしてるし、どこか表情が緩いっていうか」

「うーん、言われてみれば確かに。俺もホーク兄も、あいつを甘やかしすぎたからな。原因は俺らにもある。それでも、最近のクロウはスゲーんだぞ」

クロウの魔法は、四大属性の火属性魔法使いであるサイファをへこませるぐらいには強烈だ。

「錬金術って不遇スキルだと言われてましたけど、クロウ様を見ていると、とんでもないスキルですよね……ここに来てから私の魔法が完全に霞《かす》んでしまってます」

サイファも思うところがあるらしい。

火属性放出系魔法使いは、その攻撃力もさることながら、かなりプライドが高いというしな。

気持ちはわからないでもないが、それだけクロウが異質なのだろう。

クロウに辺境の地なんて無理だと思っていたが、どうやらクロウの本質を見抜けていなかったのは俺とホーク兄の方だったらしい。

ん？　この気配は……⁉

「魔物が来るぞ。これはワイルドファングの群れだな。ローズは無理に前に出るなよ」

「ワイルドファングぐらいなら大丈夫よ」

魔の森に入ってから、ローズは俺の身体補助魔法を何度か見て自分なりに試し始めている。

俺自身、人に何かを教えるということが苦手なだけに感覚でしか伝えられない。

でも、ローズならそれで伝わってしまう。

こいつも俺と同じ剣に愛されたひと握りの天才だからだ。

「サイファは魔法の準備をして、私も弓で先制します」

群れが相手なので、少し開《ひら》けた場所で迎え撃つか。数は十頭ぐらいか……

最初のワイルドファングが顔を出すと、次から次へと襲いかかってくる。腰を落として、いつでも飛びかかれるようにその時を待っている。

「ファイアスピア！」

サイファの魔法に合わせてヨルドも弓を連続で放っていくと、ワイルドファングもその攻撃に合わせて散らばっていく。ここからは乱戦だ。

「ローズ、サイファを守りながら戦えるか？」

「問題ありませんわ」

その言葉を聞くと同時に、俺は身体補助魔法をまといワイルドファングに向かっていく。

奴らもスピードの速い魔物だが、風属性魔法を使用した俺からしたらどうってことはない。

こちらのスピードを追えていないワイルドファングを、すれ違いざまに頭から落としていく。

ヨルドから、頭を落とすか心臓を一突きするように言われている。

どうやら毛皮が売り物になるらしく、体を真っ二つにして討伐していたら怒られてしまった。

最初の頃はただ闇雲《やみくも》に倒せばいい、まずは数を減らすことが大事だと思っていたのだが、毛皮もネスト村にとっては貴重な収入源だからと言われてしまってはしょうがない。

ふと、後ろから風属性魔法の気配を感じる。

ローズが見様見真似で身体補助魔法を使っている。

「俺が数回見せただけで、もうできちまうのかよ……」

もちろん完璧に使いこなせているわけではない。魔法の掛かりも甘く、あれでは数秒程度しか保てないだろう。

「えいっ！　やあぁー」

それでも後衛に抜けてくる単体のワイルドファングであれば、ローズの敵ではない。

横から撫で斬ってあっさり真っ二つにすると、近くにいるワイルドファングに接近し、頭から体を突き抜けるように剣を刺していった。

ドヤ顔だ。

ローズが二頭を倒した時には、十頭いたワイルドファングは全て地面に伏していた。ヨルドが一頭、残り七頭は俺が倒している。

「それにしてもセンスの塊《かたまり》だな……来年の剣術大会でお前に勝てる奴が想像できねぇわ」

「私の目標はオウル様ですので、まだまだ足りません」

面白い。ローズに追い越されないように、俺ももっと力をつけなければならないな。

「あのー、ローズ様。ドヤ顔のところ申し訳ございませんが、次からは毛皮を傷めないように討伐してもらえますか。これでは売り物にならないとクロウ様に叱られてしまいます」

「えっ、そうなの？　ワイルドファングの毛皮って売れるのね……」

「毛皮は千五百ギルです」

「そ、そうなの。ごめんなさい」

やはりヨルドに怒られてしまったな。ローズにも先に伝えておけば良かったか。

「オ、オウル様、あちらに大型の魔物が倒れています！」

どうやら、ワイルドファングの群れはその魔物を襲おうとして集まっていたようだ。

「こ、これは、デカいな」

「クロウの髪みたいな毛ね。ヨルド、この毛皮は高く売れるんじゃない？」

「実物を見たことはありませんが、これはラヴィーニファングの可能性がありますね……」

ヨルドいわく、このデカい魔物は伝説の氷狼と呼ばれる魔物らしい。

腹に食い破られたような大きな痕《あと》がある。これが致命傷だったのだろう。いったい何と戦ったらそんな怪我するんだよ。

ラヴィーニファングは全長七メートルもある巨体だった。

◇

僕、クロウがネスト村にラヴィーニファングの赤ちゃんを連れ帰ったら、ネスト村のみんなはどこかザワザワしていた。

臨戦態勢というか、ワイルドファングに襲われていた初日を思い出す慌て振りだ。

「セバス、何かあったの？」

「クロウお坊っちゃま、実は、魔の森でラヴィーニファングの死体を発見したとのことで、運ぶのを手伝ってほしいとローズ様が戻ってこられました。ところで、クロウ様が抱いているのは……」

なるほど、ラヴィーニファングか……

状況的に、この子の親かもしれないね。

「あー、うん。ラヴィーニファングの赤ちゃんだよ」

「えええぇぇっ！」

セバスがここまで驚くのも珍しいな。それほどにレアな魔物ということか。

「ほ、本物でございますか……今は寝ているようですが、大丈夫なのでございますか？」

「うん、鑑定したから間違いないよ。今のところ大丈夫だとは思うんだけど、オウル兄様が帰ってきたら二人に相談しようと思って」

「かしこまりました。小さくても伝説の氷狼でございます。どうかお気をつけくださいませ」

「うん、了解。カリスキー、狩人チームはラヴィーニファングを運ぶのを手伝いに行ってくれないか。伝説の氷狼だけにかなり大きいはずだからね」

「わかりました」

「セバスは馬車を回して。エルドラド家の大型馬車なら積み込めるんじゃない？」

「あっ、はい。すでに準備は整ってございます。では、カリスキーたち狩人チームと共に魔の森へ向かいます」

「うん、いってらっしゃい。あれっ、ところでローズは？」

「ローズ様でしたら、なぜかラリバードの飼育場を見学したいとかで……」

「へぇ。ラリバードのところか。なら、僕も行ってみようかな」

ラヴィーニファングの運搬を手伝わないあたり、僕と同じサボりたい症候群が出ている気がしないでもない。

まあ、剣マニアの体育会系少女だけど、あれで一応貴族の令嬢でもあるからね。

ここは、同志ローズの様子でも見てこようか。

ラリバードの飼育場に近づくと、ローズの独り言が聞こえてきた。

「な、何でラリバードがこんなに大人しいのよ。本当にヒーリング草食べると大人しくなるのね……」

決心したのか、飼育場の土壁を乗り越えてラリバードを触ろうとしている。

普通ならそんな挙動不審の人間が近づいてきたら逃げそうなものだが、うちのラリバードはそんな行動はしない。

理由は簡単、面倒くさいからだ。

死んだ目で少しだけローズの方を見るものの、すぐに寝てしまう。

おそらくだが、何だよ、ケンタッキーじゃねぇのかよ。こっちに入ってくるならヒーリング草ぐらいよこせよな。きっとそんな目をしている。

ケンタッキーはヒーリング草を育てまくっているので、体にその匂いが染みついている。そのせいか、ラリバードは鳥なのにケンタッキーにゴロニャンとすりついてくる。

「ふわぁー、柔らかい。これが私の枕や布団になっているのね」

ラリバードは嫌そうな顔をしながらローズに撫で回されている。

魔物としての感覚はもうないのだろうな。

オウル兄様はリラックスしているとか言ってるが、僕からしたらラリッているの間違いだ。

「ローズ、ラリバードと仲良くなりたいならヒーリング草をあげるといいよ。はい、どうぞ」

「クロウ、いたのね。も、もらうわ」

ローズにヒーリング草を手渡すと、いつの間にかラリバードはローズの足下に集まってくる。くれよ、くれよの大合唱だ。

「ヒウィ、ヒウィ、ヒウィ、ヒウィ」

こいつらは、三度の飯よりも一束のヒーリング草を優先するジャンキーだ。もう元の生活に戻ることなど不可能だろう。

「な、何だか、可愛いわね」

さっきまで魔の森でラリバードを殺しまくっていた者の発言とは思えない。

それから、撫でてほしくてローズに近寄っているわけではない。手に持ったヒーリング草を奪わんとするために集まっているのだ。

「早くヒーリング草あげないと暴動が起きるよ」

「はい、はい、ちゃんとあげるわよ。それにしても、これが魔の森にいたラリバードと同じだとは到底思えないわ」

「魔の森でもヒーリング草を食べている時は同じような感じだけどね」

ただ、魔の森で採れる薬草よりも、うちの畑で育てた薬草の方が格段に品質がいい。これは僕の朝の日課で畑に魔力を流しているからなんだけど、効果はバッチリ出ている。

そういうことなので、ここにいるラリバードはネスト村のヒーリング草なしでは生きられない体になっていると言ってもいい。

「ところで、クロウ。そのモフモフは何かしら？　私も撫でたいのだけど」

「これは魔の森で罠に掛かっていたラヴィーニファングの赤ちゃんだよ。寝ているから起こさないでよ？」

ここ一時間ぐらいぐっすり寝ているので大丈夫だとは思うけど、こう見えて野生の魔物なので、ローズの剣豪的な殺気を感じて起きてしまう可能性は否定できない。

「ラヴィーニファングの赤ちゃん⁉」

ローズも驚いてくれる。やっぱり珍しい魔物なのだろう。

ラリバードから氷狼の赤ちゃんに興味を移したローズは、抱っこさせてと手を伸ばしてくる。

この剣豪にも、一応は母性のようなものがあるということか。

「はい、どうぞ」

僕はローズに氷狼の赤ちゃんを手渡すと、集合してしまったラリバードに申し訳ない気持ちからヒーリング草をばら撒いてあげた。

「ヒウィ、ゴー！　ヒウィ、ゴー！　ヒウィ、ゴー！」

うん、ヤバそうなドラッグパーティーが始まってしまった。どうしよう、大丈夫かな。あとでケ

ンタッキーに相談しよう。

夕方前に戻ってきたオウル兄様たちと狩人チーム。持ち帰ってきたラヴィーニファングの大きさに村人全員が度肝《どぎも》を抜かれた。

正直に言って僕も驚いた。この子が成長すると、ここまでのサイズになるのかと。さすがに七メートル近くある狼を飼ったら怒られそうな気もする。

「確かに、これは伝説の氷狼と言えるね。それにしても、これだけの大物が何でこんな怪我を負って死んでしまったのか」

お腹にガブリとひと喰いされたかのような大穴が空いている。これが致命傷になったのは間違いない。

伝説の氷狼をあっさり殺してしまう魔物が、この魔の森の中にいるということだ。とんでもないな、魔の森。

「それなんだが、キルギス山脈から縄張り争いに負けて逃げてきたんじゃねぇかと思ってる」

オウル兄様に続いて、ヨルドが言葉を付け足す。

「ラヴィーニファングは雪の積もる山を縄張りにしているとギルドで聞きました。つまり、山の方で何かあったのではないかと」

魔の森と繋がるようにして、キルギス山脈が立ち塞がっている。森の延長線上にあるとも言えるわけで、何がいるのか気になるところではあるけど、触らぬ神に祟《たた》りなしだろう。

「とりあえず、縄張り争いだとしたら解決してるんだろうから、もう大丈夫だと思いたいね」

伝説の氷狼を超える大型の魔物とか、お腹いっぱいなので勘弁願いたい。

「それで、そいつがラヴィーニファングの赤ちゃんってか……」

ローズが抱っこしているラヴィーニファングを見て、オウル兄様も唸っている。

将来のサイズ感がわかるだけに簡単に飼えば？　とか言えないのはわかる。

「クロウお坊っちゃま、ラヴィーニファングの素材ですが、スチュアートも値段が付けられないと言っております。それから、このこともフェザント様にご報告しなければならないでしょう」

そう言って、熟睡中のモフモフにも目を向ける。報告には、赤ちゃんのことも含まれるのだ。確かに個人で判断できるレベルを超えているか。

「殺すとか、ダメよ」

「それは私が判断することではございません。フェザント様、いや、公爵様、もしくはその判断は国王様に委《ゆだ》ねる可能性すらありえるでしょう」

そんな大事《おおごと》になってしまうのか。

まあ、伝説級の魔物だし、飼うっていうのはいささか問題があるのかもしれない。

「そういう意味ではラリバードの飼育は大丈夫なのかな？」

「ラリバードはEランクの魔物です。将来Aランク相当になるラヴィーニファングとは次元が違う話でございます」

それもそうか。もう二百羽近くまで増えてるけど、ラリバードが飼育場を逃げだすことは絶対にない。

奴らにとって、ワイルドファングに襲われることもなく、何よりヒーリング草をもらえるこの環境が天国なわけだしね。

「それもそうだね。セバスの出発は明日かな？」

「はい、スチュアートと共にバーズガーデンに行ってまいります。クロウお坊っちゃま、Aランクポーションの準備はお済みですか？」

「うん、大丈夫だよ。セバス、いろいろと頼むね」

「いえ、これも私の仕事の一部でございます。クロウお坊っちゃまには、私が不在の間もお願いしたいことがたくさんございます。詳しくはワグナーに聞いてください」

小麦の税については、予定通りあと二年は払う必要がないけど、ポーションの売上やラヴィーニファングの素材買い取りについては、そういうわけにもいかないだろう。

基本的にはセバスに一任するけど、ポーションについては、もともとエルドラド家に利益を渡すつもりで動いていた。

エルドラド家の鳥の紋章が描かれた瓶を使って販売するからね。

当初は、Bランクポーションの価値を貴族のネームバリューで高めよう的な考えだったんだけど、

Aランクポーションができてしまった。

自分自身、まさかこうもあっさりAランクポーションが作れるとは思ってなかったので、予想以上にエルドラド家にお金が流れることになる。

それからお金以上に未知なのが、貴族間でのアイテムの融通とか交渉に使用されることだろう。公爵派の派閥拡大には間違いなく使われそうな気がする。

まあ、それも僕には関係のない話だ。そういうのは父上に任せておけばいいのだから。

今は、お父様の中で僕の価値が少し高まり、辺境程度の場所ならこのまま任せてもいいだろうと思わせておければ十分なのだ。

とりあえず、ポーションで僕の命は延びたはず。僅か十二歳で放り出されたくないからね。

「えーっと、取り急ぎ下水、排水設備と水不足対策をすればいいんだよね」

「はい。ユーグリット川の支流から農業用、緊急時用として大きな池を造っておいてください。予定地はワグナーに話しております」

河川工事は規模が規模だけにそれなりの時間を要した。支流をネスト村まで引いた時にも十日ぐらい掛かったからね。

あれっ、そんなに掛かってないのか……

それでも一人で黙々とやる作業はつまらないんだよね。ネスト村周辺での作業だと護衛もつかないしな。

「き、きゃんっ、きゃう、きゃうっ」

ラヴィーニファングの赤ちゃんが起きたらしい。

「あらっ、目が覚めたのね。クロウ、何か食べ物はない？」

「おっぱいをあげればいいんじゃないかな」

「出ないわよ！　ぶっ殺すわよ」

「き、きゃう？」

「あ、あなたじゃないのよ。ごめんね、お腹空いたよね。クロウ、早くしなさい」

まったく冗談の通じないご令嬢だ。漏れ出た殺気で赤ちゃんが怯えてしまったじゃないか。

罠の中でラリバードの骨をくわえていたのだから、ご飯はラリバードでいいのかな。ネスト村にミルクはないし、ワイルドファングもラリバードが大好きなんだ。同じファング系統だしね、うん、あげてみよう。

「ラリバードの肉と水を持ってきてくれるかな？」

近くにいた村人にお願いすると、すぐにバーベキュー場から焼きたての肉と水を持ってきてくれた。

ラリバードの肉を見た赤ちゃんは、ローズの腕の中で暴れだして落ち着きがない。どうやらご飯はこれで大丈夫みたいだ。

「すごい勢いで食べるのね……」

「そういえば、この子の名前どうする？」

「まだ飼っていいと決まったわけじゃないんでしょ」

「結論が出るまで少なくても一ヶ月以上はかかるよ。それまでの間、名前がないのもかわいそうでしょ」

「確かにそうね。なら、ラヴィちゃんにしましょう。ねぇ、ラヴィちゃん」

「きゃんっ、きゃう」

安易なネーミングだが、本人が返事をしてしまっているので暫定的に採用しようか。

ラヴィは、自分の親と思われる死骸を時おり見つめながらも、ラリバードの骨をバリバリと食べていた。

◇

翌朝、スチュアート商会のキャラバンは、セバスと共に領都バーズガーデンへと旅立った。

バーズガーデンまで片道一週間、スチュアートはその後王都へ行き、商売や移民集めなどをして再びネスト村に戻ってきてくれるだろう。

その旅路にセバスも同行することになっているので、しばらく僕の目覚めの時間は昼前になる予定だ。

寝る子は育つっていうからね。こう見えて僕はまだ十二歳の子供なんだ。まだ魔力は成長し続けている。それに辺境の地だからこそ、体を休めることは大事なことだと思うんだよね。

「いつまで寝てるのよ。早く起きなさい」

おかしい、幻聴が聞こえる。

ローズはオウル兄様と魔の森に行っているはずだ。マイホームに残っているはずがない。

「起きなさいって言ってるでしょ！」

「剣術バカなのに、何で森に行かないんだよ。僕は魔力を増やすためにもっと睡眠を取らないといけないんだ」

「誰が剣術バカよ。私のことをそんな風に思っていたのね。というか、寝てるだけで魔力が増えるなんて聞いたことないし！」

「わ、わかったよ。わかったから、叩かないでよ」

「叩いてないでしょ。その野蛮なイメージやめてもらえるかしら？　私はラヴィの面倒があるからしばらく村に残ることにしたの。というか、お腹空いたから早くご飯作って。ラヴィの分もよ」

ローズはマイホームの二階にある客間を利用している。家を建ててあげると言ったんだけど、お風呂があるマイホームから動きたくないらしく客間に居座ってしまった。

昨日からはラヴィと部屋を共にしている。まったく自由なご令嬢だ。剣を学ぶために来たんだから早く森に行けばいいのに。

「何か食べたい物はある？」

「ラリバードの卵料理が食べたいわ」

ふむ、ラヴィにはラリバードの骨付き肉を与えるとして、ローズには定番のラリバードの親子サンドでいいか。

パンを鉄板の上に置いておく。隣ではラヴィ用の骨付き肉を皮面から焼き上げる。フライパンでラリバードの肉を炒めて塩胡椒で味付けしたら、パンに挟んでいく。

最後に目玉焼きを半熟に仕上げて載せれば完成だ。彩《いろど》りにスライスしたトメイトも添えて栄養もバッチリ。黄身を崩してパンに染み込ませればパーフェクト料理になる。

「器用に作るのね。前から料理なんてやってたっけ？」

「料理を作るのは好きだよ。貴族っぽくないかもしれないけど、これでも僕は錬金術師だからね。食材を合わせたり味を調《ととの》えたりするのは得意なんだよ」

「そんなものかしら？　明日から私にも料理教えてよ」

「別に構わないけど、ローズは作る必要がないでしょ。自分の領地に戻ったら料理人がいるんだしさ。僕の場合、そもそもネスト村にシェフがいないっていうのもあるからね」

「別にいいじゃない。ちょっと興味が湧いただけよ」

どうやらローズは自分でやってみたい年頃なのかもしれない。

同じ年齢の僕が手際よく料理をしているのを見て、女子として思うところがあったのかもな。

「ところで、ローズはいつまでこの村にいるつもりなの？」

「そうね。とりあえず、次回の剣術大会まではここで修業をするつもりでいるわ」

「剣術大会って王都のだよね？　来年の夏じゃないか」

一年近くもネスト村にいるつもりか……

「この村にも興味が出てきたし、しばらくはここにいるからよろしくね。何よ、今、嫌そうな顔したでしょ」

「し、してないし。でも、ローズがいれば、魔の森の魔物の間引きと肉の確保的な意味でもありがたいか……」

「それは任せておきなさい。毎日、森に行くつもりはないけど、適度には狩ってくるわ。ラヴィと一緒に狩りに行くのもいいわね」

「きゃう？」

賢い狼のようで、もう自分の名前を覚えているっぽいラヴィ。大人しくラリバードが焼き上がるのを待っている。

何はともあれ、一年近く魔物を狩ってもらえる目処《めど》が立ったのは、ネスト村的にもいいことかもしれない。

とりあえず、身体補助魔法のコツは初日で掴んだらしいし、オウル兄様が滞在中にもう少しスキルの扱いを勉強していくようだ。

「それで、ローズは今日何するの？」

「クロウの護衛をしようかしら」

「えぇー。ラヴィと遊んでなよ」

ラヴィはほぼ寝ているけど、起きた時に備えて誰かが面倒を見ていなくてはならない。一応、僕が見るつもりだったんだけど、ローズがいるなら任せておけばいい。

「何でそんな嫌そうな顔するのよ。最近、クロウは隠しごとが多いわよ。それで、今日は何をするつもりなの？」

どうやら僕の錬金術スキルが気になるらしい。まあ、いいか。どうせ一人で黙々とやる土木作業は暇だし、話し相手がいた方が捗《はかど》るかもしれない。

「今日は貯水池《ちょすいち》を造るんだよ。見ててもつまらないと思うけど本当に来る？」

「もちろん、行くわ。それにしても貯水池ね。そんなの簡単に造れるものなの？」

ローズは僕がユーグリット川から水を引いてきた土木作業のことは知らない。僕の土木スキルを舐めてもらっては困るよローズさん。

「まあ、ついてくればわかるよ。お弁当作って持っていこうかと思ってたけど、近いし広場に戻ってピザでも焼けばいいか」

「昼はピザなのね！　あれっ、チーズがとろっとろで病みつきになるのよ。あっ、私にも手伝えることがあったら何でも言ってね」

ローズに手伝えること……

ラヴィの面倒と、僕の話し相手ぐらいか。剣術バカだから力はあるし、何かしらお願いできることもあるかな。とりあえず現地に行ってから考えよう。


「ここに貯水池を造るの？　何もないじゃない。他に手伝う人は？」

貯水池の予定地には僕とローズとワグナー村長の三名のみ。ワグナー村長は、もちろん手伝うことはない。

場所の確認と、村の近くでそこそこの騒音が出ることになるから、これから村人たちに伝えに行ってもらうのだ。

「僕一人でやるから、別に人はいらないんだよ」

「あら、随分と気の長い工事なのね」

ローズは土壁を僕が造ったことは知っている。だけど、何日も掛けて造ったと思っているのだろう。

僕が錬成した物で彼女が知っているのはピザ窯ぐらいだ。それも実際に造ったところは見ていない。ひょっとして、家を建ててあげると言っても出ていかなかったのは、日数が掛かるからと遠慮していたのかもしれないな。

「それではクロウ様、村の者たちには話をしておきますので、よろしくお願いします」

「うん、任せてよ」

それにしても、かなり広い貯水池にするようだ。農業用水としても多すぎる気がするんだけど、今後の拡大を睨《にら》んでのことなのかもしれない。

これだけ広い池にするなら、たまには釣りをしに遊びに来てもいいかもしれない。まさにのんびりスローライフ。座りながら釣りができるようにベンチとか設置してもいいだろう。

さて、まずは掘削作業からだね。深さは五メートルぐらいにして、水際は一メートルぐらいの浅さにしておこう。

「錬成、掘削！」

そして、掘削した岩や土砂は川の補強に回す。支流とはいえ、大雨が降って氾濫《はんらん》しても困る。しっかり堤防を造っておく必要があるのだ。

続いては地盤をしっかり固めていく。遮水シートなどないので、とにかくひたすらに固めていくしかない。それはもう、空気砲でガンガンに圧縮していく。

ボガーン！　ドガーン！　ドバーン！

「ちょっと、待ちなさいよ。もう、ほとんど完成しそうじゃない！」

ボガーン！　ドガーン！　ドバーン！

「えっ？　聞こえない。何？」

ボガーン！　ドガーン！　ドバーン！

ローズがラヴィの耳を塞ぎながら、何か叫んでいる。作業中は静かにしてもらいたい。僕が職人さんだったらキレ散らかしてるところだぞ。

音と振動を伴う作業はなるべく早めに終わらせたい。ネスト村の人たちを不安にさせてしまうからね。

「よし、これぐらい固めれば水も浸透しないかな」

「よし、じゃないわよ！　すごいのはわかってたけど、このスピードは想像以上だったわ」

結構な騒音だったので、ラヴィも起きちゃうかと思っていたけど、ローズの腕の中で気にせず眠っている。肝が据わっているのか、僕と同じ睡眠優先タイプなのか。

ほんと食事の時以外は起きないな。起きてる時は僕やローズにも甘えてくるので、多少の信頼関係は築けているとは思っている。

「驚いたわ……この後はどうするの？」

「川の支流と繋げて水を溜める。あと、溢れないように一定の水量になったら支流に水を戻すんだ。その際に排水設備を繋ぐようにする」

「溜めたり、流したり、繋いだり面倒くさいのね。それにしても、クロウ。あなた間違いなく騎士団に厚遇で採用されるわよ」

「嫌だよ、何でだよ。僕が剣術はさっぱりだってことはローズも知ってるじゃないか」

「何でそんなに嫌がるのよ。確かに宮廷魔法師としても十分やっていけそうだけど」

前世の記憶が戻る前のクロウだったら、宮廷魔法師のところで喜ぶのかもしれないけど、今の僕には何の魅力も感じない。

修練、鍛錬、努力、根性とか、堅苦しい貴族の行儀作法とかも面倒くさい。

辺境の地で適度にのんびりスローライフが、僕の目指す輝かしい未来なんだ。

「はい、はい。ローズが僕を持ち上げるとか珍しいよね」

「工兵部隊って知ってる？　今のクロウみたいに、戦場で堀を造り、土壁を造る部隊よ」

「へぇー。それは大変そうだね。土属性魔法のスキル持ちが頑張れば、僕の比じゃないぐらい活躍するんじゃないかな。僕の不遇スキルは専門じゃないからね」

そんな戦争の前線で土木工事やらされる部隊とか、死んでも行きたくないわ。

「クロウの錬金術の方が何倍もすごい気がするんだけど。この規模の貯水池を一瞬で完成させる工兵とか聞いたことないわよ」

「工兵は貯水池なんか造らないからね」

ローズからジト目で睨まれるが、Aランクポーションを作れる目処が立った以上、あえて危険な場所に行く必要はない。

僕は剣術バカでもないし、土魔法で扱《こ》き使われるのも勘弁願いたい。

日中は釣りでもしながらうたた寝をして、たまにポーションを作ってエルドラド家に貢献すればいい。それだけで、僕はこの領地で安全に生きていけるのだから。

「ふーん。やっぱりクロウ変わったわね。でも、私は今のクロウの方が好きよ」

「へぇー」

「以前のクロウは子供で生意気だったもの」

そうは言っても、十二歳なんてまだ子供だからね。

いくら貴族の子息といっても、辺境暮らしの三男坊には礼儀作法とか期待しないでほしい。特にクロウは甘やかされて育ったからね……

「クロウ、あなたの錬金術スキルは残念なスキルなんかではないわ。道は開《ひら》けているのに何で前に進もうとしないの？」

「うちは辺境伯家なんだ。領地を開拓することが王国、そして父上のためにもなる。それにエルドラド家は優秀なホーク兄様とオウル兄様がいるからね」

「だから、あなたが外に出て活躍する必要がないと？」

「そういうわけではないけど、僕のスキルでは貴族社会でやっていけないのはわかるよね？　それに僕自身、開拓していくことで村のみんなが笑顔になっていくのが好きみたいなんだ」

「やっぱり、クロウは変わったわ」

その後、下水と排水設備も整えて気兼ねなくお風呂に入り、トイレも水で流せるように繋ぎ終わった。

何と、村の人たちの家屋もこれで全てトイレ付きとなった。衛生面、臭《にお》いしない、とても大事。

「そのスキル絶対おかしいからね。それが普通だと思わないでくれる？」

目が覚めたラヴィを歩かせながらローズが呆れている。

排水は各家を地下で繋げる作業も含まれている。ワグナーにもちゃんと説明して、村の人たちにも話してもらわなきゃならない。

「ワグナー、ということで説明よろしくね。僕は、スライムを汚水が集まる場所に移動させるからさ」

「かしこまりました。村の者も喜ぶでしょう」

汚物を手作業で運び続けるのは大変だし、とにかく臭《くさ》い。あとは、定期的にメンテナンスさえしっかりやれば、かなり衛生的な村になるはずだ。

そして、そのメンテナンスだって移住してくる錬金術師に丸投げすればいい。教えればきっとできるはず！

順調にスローライフ化が進んでいる気がするね。あと数ヶ月もすれば、毎日ラヴィと日向《ひなた》ぼっこしながら昼寝《ひるね》三昧《ざんまい》の日々を送れそうだ。

そんな妄想をしてしまったせいなのか、それとも知らないうちに何かの罰でも受けてしまったのか。ネスト村に緊急事態が起きようとしていた。

「どうしたのラヴィ？」

ラヴィの面倒を見ていたローズが、いつもと様子の違うラヴィの姿に気がついた。

それは遠くを眺めるようにして、鼻をヒクヒクとさせて匂いを集めているような仕草《しぐさ》。

そして、何かに気づいたかのように大きく一つ吠えたのだ。

「クオォォォオン！」

8 ブラックバッファロー襲来

森の様子がおかしい。明らかにラリバード、ワイルドファングの数が少ない。

ヨルドたち疾風の射手もその異変に気づいている。

「何かいつもと違って森が妙に静かですね、オウル様」

「ラヴィーニファングの影響が残っているのかもしれねぇな」

Aランクの魔物が山の上から逃げてきたんだ。その影響が何もないわけがないか。

「オウル様、もう少し奥まで探ってみますか？」

「そうだな。まだ、この先にどんな魔物がいるのかわかっていない。注意深く進むぞ」

「わかりました」

それからも、稀《まれ》にワイルドファングに遭遇することはあっても、こちらを気にすることなく走り去っていく。

まるで、もっと怖い何かから逃げるように。

今日は今までで一番深く森の奥へと進んでいる。とはいえ、まだこの辺りは魔の森の浅いエリアに過ぎない。

ズシンッ、ズシンッ。

「な、何の音でしょう？」

何か大きな魔物がこの先にいる。

聞こえてくるのは、地響きのような足音。それも一体や二体ではない。かなりの数が集団で行動している魔物の群れだ。

「まずいな……」


ようやく見つけた魔物は、黒い巨体。ワイルドファングを片脚で踏み潰し、その血肉にかぶりついている。目は紅黒《あかぐろ》くかなり興奮している。

「ひぃっ」

「ネルサス、声を出すな」

おびただしい数のワイルドファングが殺戮《さつりく》され、下敷きにされ、食べられている。

「あれは、ブラックバッファローか」

「おそらくですが、そのようですね。黒くツヤのある皮膚に鋭い角、そして何よりもあの巨体。紅黒い血のような瞳はギルドから聞いている情報と一致いたします。しかし、この数はちょっとまずいですね」

ヨルドのその言葉にどうしたものかと考え込む。ワイルドファング程度の群れなら適度に間引いていけばいい。

だが、大きな群れは慢性的な食料不足を引き起こし、より浅いエリアへとやって来る。そして、もう間もなく魔の森から出てきてしまうことを意味している。

「まさか、森の中にブラックバッファローの群れがいるなんて……」

「に、逃げましょう」

ネルサスとサイファは完全に気後れしている。ブラックバッファローは単体ならCランクの魔物だが、群れることでその難度はBランク以上になる。

疾風の射手はBランクの冒険者だが、その戦い方はある程度距離を取ってこそ発揮できるもの。ブラックバッファローとの乱戦になんてなれば一瞬で命を落としかねない。

今はパーティに前衛ができる俺がいるが、この群れを前にしては、無謀を通り越して死にに行くようなものだ。

俺たちが歩いてきた浅いエリアには、食料となる魔物の姿はほとんどない。

「サイファ、ありったけの魔力を込めて撃てる最大級の魔法をぶっ放せ。魔力が切れるぐらいこめろよ」

「で、でも、森が燃えてしまったら……」

「構わねぇ。今はこの群れが無傷で村に向かうことの方が恐ろしい。森は長い年月を掛ければいつか元通りになる」

「わ、わかりました」

森が燃えて素材が採れなくなったらクロウに怒られちまうかな。それでもやらなければならない。

「私とネルサスはどうしますか？」

「お前たちは、魔力切れになったサイファを連れて村へ戻れ。このことを早くクロウに伝えるんだ」

さすがにローズに手伝わせるわけにはいかねぇよな。ランブリング子爵にどやされそうだ。

「そ、それで、オウル様は？」

「俺は森に残って、少しでもブラックバッファローの数を減らす」

せめて接近戦のできるヨルドだけでも連れていこうとも考えたが、おそらく足手まといになる。それなら俺一人で自由に動いた方がましだろう。

「し、しかしっ！」

「心配するな。俺は身体補助魔法があればスピードで奴らに負けることはない。適当に数を減らしたら村に戻る。よしっ、作戦開始だ」

迷っている暇はない。作戦と呼べるようなものとはほど遠いが、ネスト村の被害を少しでも減らすにはやるしかねぇんだ。

◇

「クオォォォォン！」

ラヴィが吠えた先は、魔の森がある方角。

今までほとんど寝てばかりで吠えたこともなかったラヴィが、まるで何かを伝えるかのように僕、クロウとローズを交互に見て、再び魔の森の方角を見つめている。

「ラヴィ、どうしたの？　魔の森で何かあったのかしら？」

ラヴィはいつもの愛くるしい表情から一転、牙を剥いてまた吠える。

「わからないけど、外へ行ってみようか」

魔の森で何かあったのであれば、オウル兄様と疾風の射手が危険だ。

とはいっても、オウル兄様がいれば大抵の場合は大丈夫そうな気はするんだけど。

ネスト村の薬草畑エリアを抜けると、外側の門が見えてくる。思えば、よくここまで土壁を建てまくったものだ。我ながらなかなか頑張ったよね。

村の外へ出ると、魔の森から火炎系魔法による爆発音が聞こえてきた。

そこそこ距離が離れているにもかかわらず、ここまで聞こえてくるとなると、かなり強烈な魔法を放ったことになる。

「今の魔法は、サイファかな？」

森からは白い煙が立ち上っており、そこで何かしらの戦いが起きていることを表していた。

「クロウ、森であの規模の火炎魔法を放ったということは、かなりの緊急事態になるわよ」

どうやら、ラヴィが察知した危険というのが当たってしまったようだ。ラヴィなんて賢い子。

「そうだね……用心するに越したことはないか」

薬草畑にはヒーリング草に水を撒いているケンタッキーがいる。彼にワグナーへ話を伝えてもらおう。

「ケンタッキー、緊急事態だ！　魔の森で異変があったみたいなんだ。ワグナーに伝えて、住人を点呼して、外に出ている人がいないか確認してもらってくれ」

「わ、わかりました！　すぐに」

ワイルドファングよりも上位の魔物が現れたと考えるべきだろう。そうなると、この土壁で防げるレベルなのかが気になるところ。

「クロウ、私が様子を見に行ってこようか。慣れてないけど、身体補助魔法も少しなら使えるし」

「いや、ローズはここにいてくれるかな。今はオウル兄様がいないから判断できないよ。もしもローズの手に負えない魔物がいたら、僕がランブリング子爵に殺されちゃうしね」

「大丈夫よ。逃げるだけなら平気だと思うわ」

「はいはい。ローズはラヴィの面倒をよろしく。オウル兄様が戻るまでは村から出るの禁止ね」

「えぇー！　戦わせてよ」

信じられない。とても十二歳の少女が言うセリフではないな。

この戦闘狂め。

「うん？　あれは、ヨルドたちか」

「そうね。オウル様は一緒じゃないみたい……」

疾風の射手は、ネルサスがサイファを担いで、ヨルドが後方を気にしながら走ってくる。

あー、なんか嫌な予感しかしないね。

僕の姿を見つけると、ヨルドが息を切らしながら、急ぎ駆けつけてきた。

「ク、クロウ様！　大変です。ブラックバッファローの群れが大量にやって来る可能性があります」

「ブラックバッファロー？　それで、オウル兄様は？」

「オウル様は、少しでも数を減らすと魔の森に残られました。私たちはこのことをクロウ様に伝えるようにと……」

ヨルドがこれだけ慌てているということは、そのブラックバッファローという魔物が相当危険なのだろう。

「ローズ、ブラックバッファローってどんな魔物？」

「はぁー、そんなことも知らないの。単体ならCランクの牛の魔物よ。でも群れることでその難度はBランク以上になるわ。ヨルド、群れの数は？」

「正確にはわかりませんが、千は超えているかもしれません……」

「ブラックバッファローが千体以上……難度的にはAランクになるかしら。クロウ、早く逃げるわよ。ここにいては全滅するわ」

Aランク、そこまでの脅威なのか。

この村を捨てて逃げる。その選択肢は領主としては持っておかなければならない。村人の命を最優先に考えなければならないのだから。

しかし、一からこのネスト村を作り上げてきた僕には、たかだか牛ごときに蹂躙《じゅうりん》されてたまるかという思いがないわけでもない。

「ヨルド、ワグナーに隣の村まで逃げるように伝えてくれ。疾風の射手はそのまま村人の避難を手伝うように」

「クロウ様は？」

「僕はここでブラックバッファローを迎え撃つよ。少しでも数を減らさないとね」

「なら、私もここに残るわ。いい、クロウ、これは私の意思で残るの。ヨルド、もし私の身に何かあったとしても、それをフェザント様と私の父に伝えなさい」

「ローズ！」

「オウル様とクロウが戦うのに、私だけ逃げるなんて嫌よ。私にも貴族としての覚悟がある」

その覚悟は自分の領地で発揮しなよ――

とは思うけど、正直に言って今はありがたいか。最悪の場合は、オウル兄様と合流してローズと一緒に逃げればいい。

「ローズ様、かしこまりました。そうならないことをお祈り申し上げます」

「ヨルド、ブラックバッファローに僕のグランドニードルは通用するか？」

「うーん、難しいかもしれません。ブラックバッファローの皮膚はとても硬いと言われています」

いきなり、僕の最大攻撃魔法が封じられてしまった。

どうしようか……

「そうか。ところで、土魔法で強力な魔法って何があったっけ？」

「土魔法って言ったらクリエイトゴーレムじゃない？　魔力の力で動く巨人よ」

「そ、それだ！　小さい頃に本で読んだことがあるよ。魔力のある限り動き続ける巨人だよね。あれ、でも、どうやって動かすんだろう」

「クロウ様。指示を伝えるのに、高価な魔法石を使用すると聞いたことがあります」

「辺境の村に高価な魔法石があるわけないじゃない。ヨルド、他にゴーレムを動かす方法はないの？」

「そ、そう言われましても……」

いや、高価な魔法石はある。

ホーク兄様から餞別《せんべつ》にともらったのは、かなり大きい紅魔石だった。あれならいけるかもしれない。それに迷っている暇はない。

「ちょっ、ちょっとクロウ、どこに行くのよ」

紅魔石でゴーレムを創るんだ！


疾風の射手の先導で、村人たちには隣村のレッド村に向かってもらった。

レッド村にはトメイトソースで大変お世話になっている。最低でもその方角に、ブラックバッファローが向かわないようにしなくてはならない。

「クロウ様、狩人チームの半数が残ってくれました。弓や投石で支援いたします！」

そして、この場には疾風の射手のリーダーであるヨルドも残ってくれた。

怖いだろうに、その気持ちだけでも嬉しい。

「彼らの指揮はヨルドに任せる。危なくなったら全員領主の館《やかた》に避難するんだよ」

マイホームの強度は村で一番と言ってもいい。ブラックバッファローがどれだけ突撃しても何とか凌《しの》げると思う。いや、そう思いたい。

「かしこまりました。射程に入ったら矢は使い切るつもりで射《う》ちまくれ！」

「おおっ！」

「麦の藁を全て持ってきてくれ！　満遍《まんべん》なく撒くんだ」

藁はヨルドの考えで倉庫から全て持ちだしている。これは、火矢を放つことで密集しているブラックバッファローを焼き殺す作戦なのだ。

ネスト村周辺は草原地帯になっているので、上手く火が回ればそれなりに効果が期待できるかもしれない。

それから急ごしらえではあるが、外側の土壁に足場を設けて、弓を射る場所を確保するようにしている。

更に、土壁の前に簡易的な堀を造った。時間もあまりなかったので、造れたのは村の入口周辺に深さ一メートルのみ。

これで狩人たちの姿を見てブラックバッファローが突撃してきても、土壁に全力ではぶち当たれないはずだ。

「ホーク様からもらったという紅魔石はそれなのね」

真紅に輝く大きな紅魔石。この石を中心にしてゴーレムを錬成する。

「感謝しないといけないね。ホーク兄様だけに、こういった事態も予測していた可能性がある」

「さすがにクロウがゴーレムを創れるとは想像してないと思うわよ。そもそも本当に創れるのか、私も甚《はなは》だ疑問なんだけど」

そう言って準備運動をしていくローズ。

この戦闘狂は、一人で群れに飛び込んでいきかねないので注意が必要だ。

魔の森の方角からは嫌な雰囲気がビシビシと伝わってくる。上手く説明できないけど、大量のブラックバッファローの魔力を体が感じているのかもしれない。

間違いなくこっちに向かってくる。

あまり時間もないな。クリエイトゴーレムができるかどうかじゃなくて、やらなければならない。

ネスト村を守る守護神を創造するんだ。

錬金術スキルについては、ネスト村に来てからも様々なことに使ってきた。特に土魔法に関しては一番に錬成してきたと言ってもいい。

素材としては最高級の紅魔石がある。あとはいつも通り錬成するのみ。

紅魔石に意思を込める。

自分の手足のように動く巨人を。

石を置いて、手のひらを地面につきイメージを膨らませていく。

僕の創造する最強のゴーレムを。

人間のように手足のある大きな巨人を。

「錬成、クリエイトゴーレム！」

今までで一番魔力を持っていかれた。どれだけ土壁を造っても魔力がなくなることはなかったのに、実感で半分近くの魔力が一気に消えてしまった気がする。

これで、ゴーレムを錬成できなかったら目も当てられないんだけど……

「こ、これは……」

◆

サイファの火炎魔法が炸裂すると、ブラックバッファローの複数の紅い眼がギロリと睨んでくるのを肌で感じる。今にも襲いかかってきそうなヤバさだ。

すぐに疾風の射手には離脱してもらった。

無理に戦って命を落とす必要はない。それなら少しでも早くクロウに情報を伝えてもらいたかった。

俺、オウルは一人呟く。

「さて、少しでも数を減らすにはどうすればいい……」

村の方角とは逆の方向へと誘導したいが、これだけ大量の群れではそれも難しいか……

クロウがどのような判断をするかはわからないが、少なくとも逃げる時間ぐらいは作ってやりたい。

「来い、ブラックバッファロー！　お前らの相手はこの俺がしてやる」

どうやらサイファの魔法は、森林火災になるまでの規模ではなかったようで、一部の個体が火だるまになって燃えたものの、周囲のブラックバッファローは軽い怪我程度で耐えてしまっている。

魔法を放った場所が多少開《ひら》けた場所だったことも、木に燃え移らなかった要因の一つだったのだろう。

「それにしてもかなり耐久値が高い。結構な規模の魔法だと思ってたのだが、これではただ挑発しただけか……」

倒せたのは数十体で、残りはほぼ無傷と言ってもいい。怒り狂ったブラックバッファローは、血走った目で攻撃態勢に入っている。

俺は距離を取りながら、村とは逆方向へと向かうが、サイドからは違う群れが呑み込まんと雪崩《なだれ》のように押し寄せてくる。

「くっ、やはり群れの誘導は無理か。ならば、ここからは少しでも数を減らすまで」

集中しろ。殺す必要はない。

脚の一本でも折ってやればいい。皮膚が硬いのならば、眼球から脳へ剣を突き刺せばいい。

身体補助魔法を使い、動き回りながら何頭も傷を負わせていく。立ち止まっていては群れに呑み込まれてしまう。

掻き回して機動力を奪い、一突きで離脱する。

戦闘不能にしては移動を繰り返し、剣を振るっていく。スピードでは俺の方が勝っている。

それでもしばらくすると、数に押されるように魔の森から外へと弾きだされてしまう。

「まったく、タフな奴らだ……これでは先に剣が壊れちまう」

この少しの戦闘で剣先は刃こぼれしていた。

「くそっ！」

まるで、群れの目的がネスト村であるかのように、ジリジリと黒い塊が森から溢れでてくる。

まだ体に疲れはないが、気を抜くと一気にやられてしまうだろう。

「俺は何体倒した？　どれだけ時間を稼いでいる……」

ヨルドたちは、ちゃんとクロウに報《しら》せてくれただろうか。そう時間を置かずにこの群れはネスト村を呑み込んじまう。

いくらクロウが頑丈に造った土壁でも、この群れを前にしては耐えきることなど無理だろう。

やはり、退却するしかないか。

クロウの錬金術スキルがあれば開拓村はいくらでもやり直せる。

そう思った時だった。

ネスト村の方から、獣のような咆哮《ほうこう》をあげる漆黒《しっこく》の巨人が現れたのは。

◇

「錬成、クリエイトゴーレム！」

紅魔石を心臓として畑の土が盛り上がり、大きな巨人を創りだしていく。

何となく、畑の土は魔力が豊富に含まれているから錬成しやすいかなとか安易な考えで行ったのだけど、正解だったみたいだ。

結果は禍々《まがまが》しく、どデカい漆黒のゴーレムが完成してしまった。

「こ、これは……」

高さ十メートル、横幅四メートル。物語で読んだゴーレムより、ちょっと大きいかも……と、とりあえず、外に出そうか。

紅魔石が本物の心臓のようにドクンと動くと、ゴーレムは土壁をあっさりと越える大ジャンプで着地してみせた。

「な、何だ、あれは!?」

「み、味方なんだよな？」

「いや、見ろ、クロウ様だ！」

まさかの大きさに、狩人チームにも動揺が走ってしまっている。

いつも僕がやらかしているからといって、僕の顔を見て安心するのはやめてもらえるだろうか。

「な、何なの、この大きさは……これはゴーレムではないわ。ギガントゴーレムよ！」

急にゴーレムじゃないとか言われても、ゴーレムのことだってよく知らないのに。ギガントゴーレムとか僕は知らない。

ただ、目の前にいるゴーレムとは魔力が通じているといえばいいだろうか、僕の意思に合わせて動かすことができるようだ。

足もスムーズに動かせるし、これならきっと走ることもできてしまう。

右腕を回そうとすれば、ぐるりと僕の指示にノータイムで反応してみせる。

イメージするならば、遠隔操作できるロボットのような感じか。しかも、僕の考えに合わせて少しのラグもなく動いてくれる。

とりあえず鑑定してみようか……


【ギガントゴーレム】

神話級のゴーレム。

創造主の思うままに動かすことができ、Aランク級の魔物に相当すると言われる。魔石に魔力を補充することで無制限に稼働できるため、魔力量によってはSランク級にもなりうる。

「なるほど、ホーク兄様からもらった紅魔石のおかげだね。しかも魔力を補充すれば、ずっと動き続けられるみたいだ」

「はあああ？」

ローズさん、ラヴィが驚いてるから大きな声を出すのやめてあげて。

戦いの準備を進めていたヨルドと狩人チームも、口をあんぐりと開けたまま時が止まってしまっている。

「少しでも、森の近くで戦った方が良さそうかな……」

魔の森の方角では、オウル兄様が群れに弾かれながらも懸命に戦っている姿が見える。

ギガントゴーレムを救援に向かわせよう。

「よしっ、ギガントゴーレム、ブラックバッファローを蹂躙せよ！」

僕の指示に従い、ギガントゴーレムは一歩ずつゆっくり歩み始める。そして徐々にスピードを上げていき、一歩で数十メートルを跳び、ストライドを広げながらその豪脚《ごうきゃく》を披露する。

あっという間に群れの前までやって来たギガントゴーレムを、勢いのままブラックバッファローにタックルさせた。

「あ、ああ、ブラックバッファローが蟻《あり》のように弾け飛んでいく……」

ヨルドはそう口にすると、信じられないものでも見ているかのような顔で立ち尽くし、手に持っていた弓矢を落とした。

今のタックルで、ブラックバッファロー五十体ぐらいが戦闘不能に陥ったかな。魔の森へと飛んでいったので、その後どうなったのかはよくわからないけど。

続いて、腕を振り回すようにしながら群れの中へと突入していく。あとは、数の多い方へと向かっていけばいい。黒い牛が次々に吹き飛ばされていく。

まさに蹂躙だ。

スピード、パワー共に圧倒している。

ブラックバッファローって、実は体が大きいだけでそこまで強くないのかもしれない。単体だとランクCって話だからね。

それでも興奮状態にあるブラックバッファローは、その圧倒的な数でもってネスト村へと迫ってこようとする。

オウル兄様がギガントゴーレムの方へとブラックバッファローを向かわせるよう立ち回っているが、数が多すぎて厳しそうだ。

「私も反対側からオウル様を手伝ってくるわ。クロウ、ラヴィをよろしく」

「ちょっ、ローズ！」

僕が止める声を聞かずに土壁を飛び降り、行ってしまった。

戦いを前にして我慢できないとか、根本的に考え方が意味不明すぎて怖い。さすが剣術バカなだけはあるな。

残されたラヴィが心配そうに僕の足にしがみついてくる。よし、小さなラヴィでも戦況が見渡せるように肩に乗せてあげよう。

ここからは総力戦だ。僕はとにかく、ギガントゴーレムで牛の数を減らしていくことを考えて動くことにしよう。

「ヨルド、ブラックバッファローが何体かこっちに突進してくるよ。しっかり指示を出して！」

僕の声に、狩人チームも気合いを入れ直すように前方を見つめ、準備を整えていく。

「か、かしこまりました！　総員、矢に火をつけよー！」

「構えー。今だっ！　射《う》てぇー」

弓の射程に入ってきた瞬間を逃さず、ヨルドの声で火矢が飛んでいく。

狙いは地面に敷きつめた藁。

そして一旦火がつけば、それは草原全体へと広がっていく。

突然の炎に混乱状態に陥ったブラックバッファローの群れが、土壁に向かって突進してくる。

「ブモォオー！　ブモォオー！」

しかしながら、土壁の前には堀が掘られている。興奮したブラックバッファローはそれに気づかない。火に追われるようにして、ただ突進してくるだけ。

気づいた時には止まれない。後ろからは次々にブラックバッファローがやって来ている。

壁に突っ込む直前、ブラックバッファローが突然消える。それに気づかずに、あとから続く個体が堀にハマったブラックバッファローに突進していく。

タイミング的にも上手くいってくれた。

「よ、よしっ！　矢を放て、石を落とせ！」

堀の中では、ブラックバッファローたちが鋭い角によって同士討ちをしている。それを見て後ろに控えているブラックバッファローが立ち往生するも、周りは火の海に包まれていく。

火に囲まれて完全に混乱状態。

ここまでは、想定以上の出来だ。

オウル兄様もローズも上手く立ち回っているように見えるし、逐次ギガントゴーレムで数を減らしていけばいい。

しかしながら、火を避けるようにして回り込んだブラックバッファローが、遂に堀のない土壁へとぶつかってきた。

ドシーンッ！

大きな音を立て、ブラックバッファローの角が土壁に突き刺さっていく。二体、三体と続いて体ごとぶつけてきた。

土壁に縦にヒビが入っていく。繰り返し突進してくるブラックバッファローの勢いに負けて、遂には壁が崩れようとしている。

そう簡単に壊されてたまるか！

壁が壊れてしまえば、せっかく育てた薬草畑も、復活した小麦畑だって、ラリバードの飼育場すら、この黒い群れが呑み込んでしまう。

「錬成、土壁補修！」

ギガントゴーレムを操りながらも、壊れそうな土壁を補修していく。これでしばらくは大丈夫。

しかしながら数が多すぎて、次は逆側の土壁に突進されていく。

これではキリがない。

僕の魔力が尽きるか、ブラックバッファローを殲滅するのが先かの戦いになる。

「錬成、土壁補修！」

何か、何か、良い手立てはないのか。

オウル兄様とローズが左右から攻撃を与えることで、ブラックバッファローの群れが横に広がらないようにしてくれている。だが、村に近づくと草原が燃えているため逆に広がってしまうのだ。

「火をつけたことで群れが分散してしまった。これは、作戦が失敗したかな……」

いくら興奮状態のブラックバッファローといえども、わざわざ火が燃え盛る場所を突き進むほど愚かではない。

僕に残されている魔力は、もう三分の一を切っている。

なるべく無駄遣いはしたくない。何かするにしても魔力を使うのなら、必ず成功させなければならない。

待てよ。

群れが散ってしまうのなら、強引に真っ直ぐ来させればいい。それに、魔の森近くの最後方ではギガントゴーレムが暴れ回っている。これを上手く利用すれば……

「よしっ、土壁を魔の森に向かって両サイド一列に造り上げる。オウル兄様！　ローズ！　土壁を造るから少し離れて！」

戦闘中のため余裕がなく声をあげることはなかったが、二人とも片手を上げ、了解の意を示してくれた。

「高さはそこまでなくてもいい、ブラックバッファローを真っ直ぐに誘導できればいいんだ。高さは二メートル、距離、魔の森に向かって真っ直ぐ一キロだ！」

地面についた手のひらから、残っていた魔力が抜けていく。残りの魔力はもうほとんどない。生まれて初めて魔力を使いきりそうになっている。

これでダメなら、もうあとがない。

「いっけぇぇぇー！」

まるでモーゼの海割りのように、左右を土壁に挟み込まれた長い一本道が造り上げられていく。

そして、その道の内側にはほとんどのブラックバッファローが収まっている。

ネスト村周辺まで来ていた群れは、土壁の外側に弾かれてしまっているが、その数は百体もいない。これは、とりあえずオウル兄様とローズに任せる。

あとはギガントゴーレムが一本道を虐殺しながら戻ってくる。二人にはそれまで時間を稼いでもらえれば十分だ。

いくらブラックバッファローといえども、勢いをつけて突進でもしない限り、僕の土壁を壊すことはできない。しかも、これだけ密集していれば助走も取れないし、身動きも取れまい。

残った最後の魔力で、村の入口近くの壁を分厚く補強していく。

「錬成、土壁補強！」

これで僕の魔力は、ほぼ空っぽだ。

あとは、もうなるようにしかならない。

「ギガントゴーレム、ブラックバッファローをぶっ飛ばせ！」

魔の森の方では、両腕を上げたギガントゴーレムが咆哮をあげた。

逃げ道のなくなったブラックバッファローは、ネスト村に向かって逃げるしかない。

両腕を振り回しブラックバッファローを地面に殴りつけ、その巨大な脚でもって踏み潰しながら、ギガントゴーレムはデスマーチを歩んでいく。

群れて強さを発揮するブラックバッファローは、この狭められた一本道ではその強みを活かせない。

一体、また一体と、ギガントゴーレムが通ったあとには、ブラックバッファローの死体が生みだされていく。踏み殺され、地面に縫いつけられ、圧迫死させられているのだ。

まさに圧倒的なパワー。

ギガントゴーレムを前にして、ブラックバッファロー単体では所詮Cランクに過ぎない。Aランク級の前では、立ち塞がる敵にもなりえないのだ。

ギガントゴーレムの姿が大きく見えるようになる頃には、一本道も残り百メートルを切っていた。

ブラックバッファローの数も残り二百体程度。

千体以上いた群れが、あと残りこれだけ。

僕がギガントゴーレムに与えた魔力の残量は、まだ半分以上残っている。

これなら何とかネスト村を守ることができそうだ。

道の外側での戦いも狩人チームが上手くフォローに入りながら、オウル兄様とローズが一頭ずつ確実に仕留めていっている。

あの巨体を相手に奮闘していただけに、ところどころ怪我を負っているのはしょうがない。それでも、大きな怪我ではないようで、その動きにはまだまだ力強さがあった。

あとでBランクポーションを好きなだけ飲んでもらおう。

「ギガントゴーレム、ラストスパートだ！」

少し後ろへ下がり、勢いをつけてから再びタックルの体勢に入るギガントゴーレム。

逃げ道のなくなったブラックバッファローはどうすることもできない。

骨が軋《きし》むような激しい激突音のあと、土壁の内側にいたブラックバッファローは漏れなくあっさり全滅した。

「続いて土壁の右側へ行って、ローズの救援に向かうよ！」

土壁の一本道から出てギガントゴーレムが姿を現すと、ブラックバッファローは散り散りとなって、魔の森の方へと逃げだしていった。

この最強を前にして、まだ戦おうとする強い意思などブラックバッファローにはない。

これで、何とか……なったか……


こうして、全てのブラックバッファローを討伐し終えたのを確認すると、緊張の糸が切れてしまったのか、それとも魔力切れのせいなのか、僕はパッタリと倒れてしまったらしい。

らしいというのは、目を覚ましたのがマイホームのベッドの上だったからで、すぐ横ではローズとラヴィが看病をしたままの状態で突っ伏し、すやすやと寝てしまっている。

「寝ていると、どっちも可愛いんだけどね」

もちろん、ラヴィは起きていても可愛いからね。

外からは、村人たちの楽しそうな騒ぎ声が聞こえてくる。オウル兄様が中心となって、戻ってきた村人たちとバッファロー肉でパーティーをしているのだ。

バッファロー肉、つまり、牛肉か……

めっちゃ食いたいけど、まだ体が上手く動かせない。く、くやしい。

だ、誰かBランクでいいから僕のポーションを持ってきて飲ませてくれ。

すぐそこに牛肉があるんだよ。

しかしながら、魔力切れというのは思った以上に体に負担がかかるようで、手も足もまったく動かない。

しばらくするとまた力尽きてしまい、まぶたの重さに勝てなかった僕は、再び夢の中へと旅立ってしまった。

◇

そうして、僕が次に目覚めたのは丸一日が経った頃だった。

昨日のお昼頃にブラックバッファローの群れが突撃してきて、討伐が完了したのは夕方になる少し前ぐらい。

つまり……

「二十四時間近く寝てたわけか」

手も足もちゃんと動くし、もう疲れはない。少しだけ頭が重いかなって思うぐらいか。

「きゃうっ」

「おー、ラヴィ。心配してくれたのかな？　魔力が回復したからなのか、体調も良くなったっぽいね。さて、何か食べようか」

「きゃう、きゃうっ！」

丸一日何も食べてないっていうのを認識しただけで、お腹がぐぅーっと鳴ってしまう。

どうやらラヴィも同じらしく、階段を下りる僕にまとわりつきながら急《せ》かしてくる。

キッチンに行けば何かあるかな。昨日のお昼にピザを食べようとしてたから、トメイトソースは作っておいたんだっけ。

そんなことを考えながら一階に下りてくると、美味しそうな匂いが漂ってくる。

どうやらローズがトメイトソースの鍋を温めてくれていたようだ。

「ようやく起きたのね。お腹が空いただろうからパンを焼いといたわ。あと、昨日のバッファロー肉をトメイトソースの鍋に入れて煮込んでおいたの。クロウ、味の調整を頼めるかしら」

どうやら料理を学びたいという気持ちは本当のようだ。心配そうに鍋を掻き回している。

「バッファロー肉……とてもいい匂いだね。ナイスだよ、ローズ」

骨付き肉を煮込んでいたので味が深く染みている。このままでも十分な気がするけど、せっかくだからヒーリング草で臭《くさ》みを取って爽《さわ》やかな香りを付けてみよう。

大丈夫、適量ならラリバードのようにはならない。

トメイトソースがもともと味付け済みだっただけに、ローズでも簡単に煮込み料理にチャレンジできたということか。

「料理にヒーリング草なんて入れて大丈夫なの？」

「ポーションだって飲み物になるんだから大丈夫だよ。それに、こういう爽やかな薬草は料理にアクセントを付けられるんだ」

本当かよって顔をしてるけど、ファンタジー植物といってもこれは香草に違いはないのだよ。それに、僕はポーションを作る時に何度も味見をしている。あれっ、ヤバいのか……と、とにかく、どのぐらいの温度の水と合わせれば口当たりのいいポーションになるのかなど、すでに研究済みなのだ。

ヒーリング草は、ほうれん草のようにお浸《ひた》しにして食べても美味しい。僕をただの焼き肉バカだと思わないことだ。美味しいお肉を食べるには野菜も大事なのだからね。

「すごい、あっという間にいい匂いになったわね。ヒーリング草って食べられたのね……」

「臭《くさ》み取りと香り付けに使っただけだから、無理に食べなくてもいいよ」

「そ、そうね」

ラヴィには味付けが濃すぎるから、骨付きバッファロー肉を軽く炙《あぶ》った物をそのままあげる。

やはり、骨付きはテンションが上がるっぽいな。尻尾《しっぽ》をこれでもかと、ぶん回しながらジャンプしている。待てはできない。狼だからね。

「ゆっくり食べるんだよ。お水も置いておくから喉《のど》に詰まらせないようにね」

たぶん、僕の話はラヴィの耳には入っていないだろうけど、それなりに賢い狼なので大丈夫だと思う。

「じゃあ、僕たちも頂こうか。食べながらでいいんだけど、僕が倒れてからの話を聞かせてもらえるかな」

「いいわよ。と言っても、私も寝ちゃったみたいで、起きたら夜だったんだけどね」

うん、それは知っている。

僕の看病もといい、居眠りから目覚めたローズは、香ばしい肉の匂いに釣られるように広場へ行き、バーベキュー大会後半の部から参加したらしい。

ローズがオウル兄様から聞いた話では、戻ってきた村人たちと協力してとにかくバッファロー肉を確保。地下倉庫にある氷室はすでに肉でいっぱいになっているそうだ。

「それでも入りきらないから、討伐したお肉はそのほとんどがダメになっちゃうみたい。村人の数も限られているので、干し肉を作るにしても腐敗の進みが早いらしいの。オウル様の指示で、素材として売れる角を取ったら燃やすことになるんだって。こんなに美味しい肉なのに、悲しいわ……」

うん、牛肉美味しいからね。魔の森が落ち着きを取り戻せば、定期的に牛肉を食べられるようになるのだろうか。

それにしても、二十四時間振りの食事はとても美味しい。あと、牛肉は最高にして至高。今夜は焼き肉にして食べたいかな。

「さて、お腹も膨れたし、僕も昨日の後片付けを手伝おうかな」

「しょうがないから私も手伝ってあげるわ」

地味めな作業になるので、ラヴィと遊んでるかもと思ってたのにな。どうやらローズも、そしてラヴィもついてくる気満々のご様子。

まあ、ずっと部屋にいるのも飽きたのだろう。ラヴィは大好きな骨が広場に溢れているからテンションマックスだ。

僕が扉を開けると、ラヴィは広場へ向かって駆けていく。たまに振り返っては、早く早くと急《せ》かされる。

「ラヴィったら寝てばっかりだと思ってたのに、いつの間にか動き回るようになってきたわね」

「うーん、ご飯食べたばかりだし、またすぐに寝ちゃうんじゃないかな」

広場まで来るとたくさんの村人が声を掛けてくれた。寝込んでいたことから体を心配されたり、ギガントゴーレムがカッコいいとかの話だった。

「そういえば、ギガントゴーレム出しっぱなしだったね。今どこにいるんだっけ？」

「ああ、あのゴーレムはクロウが気を失ったと同時に固まったまま動かなくなっちゃったのよ。場所が村の入口だけにちょっと邪魔かもね」

おっと、カッコいいとかヨイショされていたと思ったら、邪魔だから早く退《ど》けてくださいい的なニュアンスだったのか。

手頃なサイズの骨を手に入れたラヴィが戻ってきたので、このまま村の入口の方まで向かうとしよう。

ギガントゴーレムを動かせば、僕もお手伝いをしている感じを出せるしね。

うん、うん、畑もラリバードの飼育場も無事だね。ブラックバッファローの侵入を許さなかったギガントゴーレムと土壁に感謝したい。

土壁の外では、なぜかガッツポーズをした状態で固まる漆黒のギガントゴーレムが村のモニュメントよろしく立っていた。

あれっ、何であんな格好してるんだ？

「最後のブラックバッファローを右アッパーで強引に吹き飛ばしたんだっけ？」

「アッパーって何よ？　私に聞かれても知らないわよ」

華麗なガッツポーズをしたモニュメントを前に、ケンタッキーが手を合わせて拝んでいた。

違う、やめて。そういうのじゃないんだってば。

ギガントゴーレムがネスト村を救ったのは事実ではあるけれども……な、何か違う。

一日振りに見たギガントゴーレムにはまだ魔力は残っているみたいだけど、単純に僕とのパスが切れたことで動きが止まった感じのようだ。

「よし、ギガントゴーレム起動だ！」

急に動きだしたギガントゴーレムを見て、ケンタッキーが腰を抜かしてしまった。

す、すまないケンタッキー。

「ふおぉ！　ゴ、ゴーレム様が動いた！」

ゴーレムには様を付けないでいいんだからね！


村の外では、オウル兄様たちや狩人チームが食べきれないブラックバッファローの素材を集めては焼き払っていた。

「おお、クロウ、やっと起きたか。体調が大丈夫なら、この長い土壁を何とかしてもらえるか？」

「昨日はすみません。どうやら魔力切れだったみたいです。もう復活したので問題ありません」

「そうか、クロウでも魔力が切れるようなことがあるんだな。それにしても、そのギガントゴーレムには驚かされたぞ」

最近、オウル兄様の僕に対する評価が高すぎる気がする。ここらで、ちゃんと間違いを伝えておかないと誤解されかねないな。

「ギガントゴーレムが創れたのは、ホーク兄様から頂いた紅魔石のおかげなんです。僕は魔力もギリギリで、オウル兄様とローズの活躍がなければどうなっていたか」

「あんたねぇ……」

微妙な顔をするローズ。

「このギガントゴーレムを操ったのはクロウだろう。だったら謙遜《けんそん》することはねぇ。お前のおかげでネスト村は助かったんだ」

そう言われ、頭をぐしゃぐしゃと撫でられてしまう。こんな風にオウル兄様に褒めてもらったのも久し振りかもしれないな。ちょっと照れくさい。

「じゃあ、この土壁を全部元の土に戻しちゃえばいいんだね。錬成、土壁解除！」

魔の森に向かって長く続く土壁の列が、順番にまるでドミノのように崩れていく。

どうやら造る時とは比較にならないほど少しの魔力で済むようだ。というか、ほぼ魔力消費してないぐらいの感覚に近い。

「さすがですね、クロウ様」

声を掛けてきたのは魔法使いのサイファ。最近距離を感じていただけに珍しい。

「昨日は、特大の火炎魔法を使ってくれたみたいでありがとう」

「いえいえ、ようやく火属性の魔法使いとして役に立った気がして、気持ちは少しばかり晴れやかです。今日も、素材を取り除いたブラックバッファローをがんがん燃やすのに役に立ってますしね！」

なるほど、サイファはネスト村に来て以降一番の活躍をしているらしい。特に今日は、食べきれないブラックバッファローを全部燃やさなければならないからね。

いや、四大属性の魔法使いとしてそれでいいのか？　サイファがそれでいいならいいんだけど。

「そ、そうか。頑張ってね」

「クロウ、土壁がなくなればこっちは大丈夫だ。あとのことは任せておけ」

「了解しました。じゃあ、ゴーレムは邪魔にならない場所に移動しておきますね」

ギガントゴーレムを使ってブラックバッファローを一箇所に集めてしまおうかとも思ったけど、こまごまと素材を回収しては、ブラックバッファローを燃やすのを繰り返しているようなのでやめておこう。

たぶん、パワーの強すぎるギガントゴーレムでブラックバッファローを集めたら素材がダメになっちゃいそうな気がするし、ここは専門チームに任せた方がいい。

◇

「それで、クロウ、何でゴーレムを畑に座らせてるの」

「入口にこんな大きいのがいたらやっぱり邪魔だと思ってね。それに、畑には毎朝の日課で魔力を注入しているから、ついでに魔力をゴーレムにも渡せるかなって思ってさ」

ギガントゴーレムには、新しく作ったゴーレム専用畑に体育座りをしながら軽く埋まってもらっている。

こうしておけば、毎朝魔力チャージを受けられる。毎回、魔力を半分近く持っていかれたら大変だしね。これで緊急事態にも対応可能というわけだ。

「シュールだわ。とてもシュールだわ」

畑の端っこだし、たぶん大丈夫だろう。

そんなことを考えていたら、ワグナー村長が慌てた様子で駆けてくる。

「クロウ様、クロウ様、大変でございます！」

次から次へと開拓村はすぐに問題がやって来る。

せめてあと数日はのんびりさせてもらいたかったのに、いったい何が起きたというのか。

「どうしたのワグナー」

「そ、それが、貯水池にリザードマンが棲み着いております！」

「貯水池って、昨日造ったばかりの貯水池だよね。確かに水を貯めて使えるようにしておいたけど、棲み着くの早すぎじゃない？」

ローズに抱っこされているラヴィは、目が半分閉じて寝てしまいそうなほどにリラックスしている。つまり、敵対的な感じではないということだろう。

「えーっと、ローズ先生。リザードマンについての説明をお願いします」

「何でそんなことも知らないのよ。まったくしょうがないわね」

ローズ先生の話によると、リザードマンとは二足歩行の蜥蜴《とかげ》で、川や沼地を住処にする蜥蜴人族というらしい。人間の言葉もしゃべれるようで、魔物とは違うとのこと。過去には人間と交流もあったとかなかったとか。

どっちだよ。

「なるほど、ラヴィが吠えなかったのは魔物じゃなかったからなのかな」

「川にいるリザードマンは臆病な種族だと聞いたわ。沼地のタイプは肉食で好戦的だけど、川タイプは魚食で穏やかって言うじゃない？」

そんなリザードマンあるあるとか言われても知らんがな……


貯水池に行くと、池を埋め尽くさんばかりのリザードマンがのんびりと寛いでいらっしゃった。

それどころか、水際に小屋を建てようとしている姿まで見受けられる。

「こ、これは、完全に棲み着く気だよね」

「は、はい。さっき見た時よりもまた数が増えております」

穏やかな性格の川リザードマンとはいえ、この貯水池はネスト村のすぐ隣にある。それに、ユーグリット川からここまで支流を延ばしてきたのも僕だ。

だからと言って、この土地は僕らのだからと追いだすというのも、何だかかわいそうな気もする。

さて、どうしたものか。

僕たちの姿を発見したのだろう。おそらく群れの代表者と思われるリザードマンがこちらに挨拶にやって来た。

「そこに住んでる人だべか？　どうもだぁ、おらここのリーダーをしてるチチカカだっぺ」

何だ、この訛《なま》りの強いリザードマンは……

「は、はい。僕はこのネスト村の代表をしているクロウ・エルドラドと申します」

「うちらは川の上流にいたケポク族の者だ。実は沼地のドフン族と争いになって逃げてきたっぺよ。そしたら、いつの間にか川が横に延びてて、すんげー楽園があるでねぇか」

こんなただの池が楽園とか呼ばれていいのかな。

「あー、うん。これはね、村に水を引きたくて僕が造ったんだよ」

「嘘つくでねぇべ。数日前までこんなのなかったっぺよ。これは神様がケポク族のために用意してくれた楽園だべさ。おめぇの言うことが本当なら、クロウは大魔法使い様だっぺ」

絶対に信じていない顔だな。そもそも僕が大魔法使いなら、こんな辺境の地に飛ばされてくることはないんだよ。

とはいえ、十二歳の子供が代表とか、貯水池を造ったとか言っても普通は信じないのもわかる。

隣にいるワグナーも少し困ったような顔をしている。村の近くに別の種族が棲み着いてしまうというのは、揉めごとが起きる要因にもなりうるのだ。

「チチカカさん、この場所は村から近すぎる。それなら、ここと同じ大きさの貯水池を少し離れた所に造るから、そっちに移動してもらえないかな」

「同じ大きさの池だべか？　どのくらい時間が掛かるかわからねぇけど、怪我している者や女子供たちも多い。迷惑は掛けねぇから、ここにいさせてもらえねぇべか？」

そういえば、ドフン族と争いになったって言ってたね。

「ワグナー、Bランク回復ポーションを持ってきてくれる？　あと、ここから歩いて十分ぐらい離れた場所に今から貯水池を造るから」

「かしこまりました。それだけ離れていれば村の者も気にならないでしょう」

ワグナーにささっと指示を出したところで、僕はチチカカさんとケポク族の新しい住処を決めるために、川沿いを進んでいくことにした。


「チチカカさん、あの辺に造ろうかと思うんだけどどうかな？」

「場所は構わねぇけども、沼地でもない場所に池を造るとなるとしんどくねぇべか？」

場所的に僕が無理やり支流を延ばしてきただけの土地なので、川沿いといえど土が硬いのだ。

チチカカさんが気にしているのは、あまり工事に時間が掛かるような場所は避けた方がいいんじゃないかということだろう。手作業で硬い土を掘り返すのは大変だからね。

「大丈夫、大丈夫。錬成、掘削！」

「ほ、ほげぇぇ！　ク、クロウは本当に大魔法使い様だったべか……」

「深さとか、希望に沿って調整できるけど、どんな感じがいいとかある？」

「あ、あっちと同じような感じで構わねぇべ」

川リザードマンっていうのがどんな種族なのかがよくわかっていないんだよね。ここは鑑定をして調べておこうか。

【チチカカ】

川リザードマン。三十歳。男。

ケポク族の族長。

大人しく静かな種族で争いごとを好まない。沼地に棲息するリザードマンからよくいじめられるので引っ越しを決意。川下りのエキスパート。魚と野菜が好物。

沼地に棲息するリザードマンからよくいじめられる……か。その沼地というのは、上流の方にある沼地なのかな。今度調べておいてもいいかな。

魚と野菜が好物だったら、川魚と野菜の物々交換とかしても面白そうかもしれない。

「さっき、向こうで木の小屋を造ってましたよね？　こんな感じの小屋でしたら造れますけど、どうしますか。あと、外側からこちらの池が見つかりにくいように、このように土壁で覆うことも可能です」

連続で錬成しながら、簡易的な小屋と、池の周りに高さ三メートルほどの土壁を一つ造ってみせた。

「と、とんでもねぇ大魔法使い様だっぺ……お、同じ小屋と土壁を池の周りにお願いしますだ！」

「クロウでいいですよ。それに僕は大魔法使いなんかじゃないので」

「よ、よし、すぐにみんなを呼んでくるっぺ。これならドフン族にも見つからねぇ、本当の楽園になるっぺよ！」

元いた貯水池に戻ってくると、ネスト村の人々によるポーションの提供が行われており、ケポク族の皆さんは大変感謝していた。

お礼にと川魚を大量に頂いたので、肉食が続いていたネスト村的にも嬉しい出来事だった。

とりあえず、近隣の友として上手くやっていけそうな気がしないでもない。

その後、村で育てたキュウリンが大好物だとわかり、正式に物々交換がスタートすることになる。

[領地情報]　ネスト村
[人口]　五十名
[造った物]　ギガントゴーレム、貯水池、川リザードマンの池
[備考]　近隣に川リザードマンのケポク族が棲み着いて、
　　　　川魚がもらえるようになった

9　錬金術師たちの到着

最近では、魔の森も落ち着きを取り戻し、大量発生とか怖いことにはなっていない。

ローズはオウル兄様と毎日魔の森に入り浸り、身体補助魔法を学びながらワイルドファングやブラックバッファローを狩りまくり、その腕を磨いている。

なぜローズが急にそうしだしたのかというと、僕のお父様から手紙が届き、次のキャラバンが来た時にオウル兄様が領都バーズガーデンに戻ることになったからだ。

魔の森が落ち着いたこと、ネスト村の防衛力がそれなりになってきたことからの判断と思われる。

それに、オウル兄様も騎士学校へ入学する準備をしなければならないし、もともと三ヶ月という話だったのでこちらも覚悟はできていた。

その代わりと言ってはなんだけど、疾風の射手三人の任期延長が決定した。今回はエルドラド家との契約ではなく僕個人との直接契約になる。

魔の森での素材や食肉などの一定量の確保、緊急時におけるネスト村の防衛から僕の護衛任務までが主な契約内容。

お給料はたっぷり月百万ギルという大盤振る舞いで、ヨルドたちも喜んでいた。素材の買い取りと合わせたら相当な金額になると思われる。

ヨルドいわく、一、二年ここで稼ぎながら力をつけてAランク昇格を目指したいとのこと。

ネルサス的には、この村の居心地がよく、しばらくはここを離れたくないらしい。食事も美味しく、寝る場所も安全で心地よい。しかも金払いのいい領主がいるのだから言うことなし。

一方サイファは、自分を見つめ直すために魔の森で修業を積みたいとのこと。今までは火属性の魔法使いとして周りからチヤホヤされていたけど、ここに来て剣術チートやギガントゴーレム無双《むそう》を見て、いろいろと考えるところがあったらしい。


「きゃう、きゃう」

ラヴィが僕の部屋の窓から村の入口の方を見ている。何かが来たと知らせてくれているのだろう。警戒している感じでもなさそうだね。

「そろそろキャラバンが到着したのかな」

昨日の時点で、先触れとしてスチュアートの代理の者がネスト村にやって来ていたのだ。

キャラバンは第一グループに加え、冬越えの食料を積んだ第二グループ、移民希望者三百人を連れてくる第三グループと三つに分かれている。

ちなみに今来ている第一陣は、セバスやスチュアート、それから錬金術師たちを乗せている。

「ラヴィ、迎えに行こうか」

「きゃうっ」

セバスとお父様の話も気になるけども、今は錬金術師だ。彼らが来れば僕の仕事は軽減されるはず。

毎朝僕は、畑とゴーレムに魔力を供給しなくちゃならないし、排水場のスライムを一定数になるように調整したり、土壁はもちろん、広場の遊具やバーベキュー道具が劣化しないようにチェックしたりと何かと大変なのだ。

錬金術師というのがどの程度のレベルなのかわからないけど、畑に魔力を流すぐらいなら問題ないだろう。

ヒーリング草を元気に育てるには魔力は必須。質が悪くなったらポーションの出来にも関わるし、ラリバードが暴れだしかねない。新鮮な卵を得るためには、質の高いヒーリング草を与えなければならないのだ。

「おっ、見えてきたね。スチュアートが手を振っているよ」

実は、村人の数が増えることから、ネスト村に隣接するように百人規模の村を四つほど準備しておいたんだ。

でもこれ以上人数が増えるようなら、セバスの言うように街として作り直すことも考えなきゃならないか。

移民者には、ワグナーたちネスト村の人がここでの生活や仕事について教えてくれることになっている。早く馴染んでもらえると領主的には嬉しい。

スチュアートが話しかけてくる。

「クロウ様、また規模が一段と大きくなりましたね。そろそろ村から街になりそうですな」

「街なんて、まだまだだよ」

ネスト村には道具屋も武器屋もない。食堂や宿屋もないし、まだまだ足りない物だらけなんだ。

「広場へ入る前に面談されますか？」

第一陣には錬金術師が三十名いるらしい。移民として認めるには、僕の鑑定をクリアしてもらわなければならない。

「そうだね。でも、一人ずつ僕の前を通過するだけでいいよ。馬車はそのまま広場まで入ってもらっていいから」

「かしこまりました。それでは、一人ずつ歩いて向かわせます」

スチュアートが錬金術師たちに話をしに行くと、入れ替わりでセバスがやって来た。

「クロウお坊っちゃま、ただいま戻りました。ご無事なようで安心いたしました」

「うん、まあ、いろいろあったけど、何とか大丈夫だよ」

「そのいろいろというのは、村に入る前に見た大量の魔物の骨とか、畑に座っているあれのことでしょうか？」

「ははは っ……」

ブラックバッファローはサイファが全て燃やしたものの、大量の骨だけは残されている。ヨルドが、ブラックバッファローの骨なら商会が買い取る可能性があるのではと言っていたから、ギガントゴーレムパワーで村の入口に掻き集めておいたのだ。

ちなみに、ブラックバッファローの骨の山にはラヴィが興奮しまくっているから、しばらく近寄らせられないんだよね。この子、骨が好きすぎる。

最悪、売り物にならなくても畑の肥料にすればいいかなぐらいに思っていたんだが。

大量に積み重ねられた骨はインパクト抜群なようで、到着した錬金術師たちは度肝を抜かれたように目を見開いていた。そして畑を見て首を傾げ、ギガントゴーレムを見上げて驚愕している。

僕はそんな彼らを鑑定でチェックしつつ呟く。

「ふむふむ、錬金術師は鑑定でスキル上達度がわかるのか。いや、ひょっとしたら僕の鑑定スキルが成長したのかもしれないね」

すると、エルドラド家の鳥印の入ったポーション瓶を抱きしめるように持って歩く一人の少女の姿が目についた。


【マリカ・クレメンツ】

十四歳、女性。

錬金術スキルB級、品質保持スキルC級。

王都で有名な錬金術師。ギルドからの専任依頼、貴族からの注文を請け負っていた。Bランクポーションまで作れる。


品質保持スキル持ちだと⁉

こんな逸材がなぜこの辺境の地へ？

◆

私、マリカは不遇とされる錬金術師のなかで、ひと握りしかいない成功者の一人と言われている。

それは、Bランクポーションが作れるからに他ならない。Cランクポーションは価格が安く、大量に作っても儲けが出ない。作りすぎて余ってしまったらそれこそ赤字になってしまう。

錬金術が不遇スキルと呼ばれる所以《ゆえん》だろう。

私が恵まれていたのは、ダブルスキル持ちであったこと。しかもそれが、錬金術スキルと相性の良い品質保持スキルだったことである。

大量にポーションを作っても品質保持魔法を使えば無駄にならない。部屋の中に籠《こも》ってポーションを作るのは性《しょう》に合っていたようで、作り続けるうちに稀《まれ》にBランクポーションも作れるようになった。

Bランクポーションは高額で取り引きされる。

今までの苦労は何だったのかと思えるほどにお金が入ってきた。

ギルドからの専属依頼、貴族の家々からも声を掛けてもらい、錬金術師ながらお金に困ることはなくなった。

それでも私はポーションを作り続けた。

ポーションにはAランクと呼ばれる黄金に輝く奇跡の存在がある。私はまだそのレベルに達していない。

そして、更にその先にあるエリクサー、Aランクポーションを超える伝説の回復薬。錬金術師として生まれたからには、いつの日かエリクサー作りに携わりたい。

そのために、私は毎日休むことなくポーションを作り続けている。何度も作り続けたことでBランクポーションが作れるようになったのだ。きっと努力すれば、Aランクだって作れるようになるかもしれない。

そう考え、日々ポーション作りに励んでいた矢先だった。

辺境から戻ってきたキャラバン隊が、高品質のポーションを持ち帰ってきたというのだ。

私も気になってギルドに持ち込まれたBランクの回復ポーションを購入することにした。ギルドの受付には仲の良い知り合いがいる。

「スカーレットさん、Bランクポーションが入荷したと聞いたんですけど、一本頂けますか？」

「あら、マリカさん。やっぱり気になりますか。はいっ、こちらがそのBランクポーションですよ」

薄紅色をしたBランクポーション。私が作るBランクよりも、色が鮮やかで紅が強く出ていて美しいと思った。これは私のよりも上の品質だ。

「ちょっ、マリカさん、ここで飲んじゃうの⁉　Bランクなのよ！」

私にとってBランクポーションの代金なんてたいした金額ではない。そもそもお金はあまり使わないから貯まる一方なのだ。

「お、美味しい……こんなに美味しいBランクポーションが存在するなんて」

昨日は徹夜でポーションを作っていたから体に疲れは溜まっていたとは思う。

それでも、この味は美味しすぎる。できれば毎日飲みたい。一気に五本は続けて飲める美味しさだ。

同じBランクだけれど、このポーションに私のポーションは完全に負けている。勝てる要素がない。

これを作った人は天才だ。

「実はね、持ち込まれたなかに、Aランクポーションもあったらしいって噂があったの。本当かどうかわからないんだけどね」

Ａランクポーションですって⁉

「飲みたいっ！　い、いや、これを持ち込んだのはどこの商会なんですか！　お、お金ならいくらでも払います。お願いですから教えてください！」

「え、えっと、確かスチュアート商会だったはずよ」

「スカーレットさん、ありがとうございます！　大好き」

「……マリカさん、腕は確かなんだけど、ポーションのこととなると思考が一気に残念になってしまうのよね……」


スチュアート商会は確かエルドラド家お抱えの商会だ。ということは、あの辺境の地から運んできたにもかかわらず、この味をキープしてるというのか。とても信じられない……

私は急いでスチュアート商会が店舗を構える場所まで走った。生まれて初めてこんなに全力で走ったかもしれない。

「あ、あの……ポーションを、このポーションを作った天才は……ど、どなたなのでしょうか」

息を切らしながら店頭にいた商人の両肩を掴まえて問いただす。

「えっ、ポーションですか？　ああ、その瓶は……」

「し、知っているのですね！　そのお方はいったいどこにおられるのですか！」

「失礼ですがあなたは、あのマリカ・クレメンツ様でございますね。私はこの商会の代表をしておりますスチュアートと申します。ちょうど良かった、実はあなたに折り入って相談したいことがあったのです」

「わ、私にですか」

「そのポーション、飲まれたのですね。美味しかったでしょう」

「はい、最高のポーションです！　こんなに美味しくて質の高いポーションは味わったことがありません」

「それを作られた方が錬金術師を募集しています。しかも品質保持スキルを持っている方はかなり優遇されるはずです。マリカ様は、そのスキルをお持ちですよね」

「錬金術師を募集……つまり、そのお方と一緒にポーションを作れるというのですか？」

「はい。少し遠い場所になりますが、良かったらお話だけでも聞いてみませんか？」

「行きますっ！　いつ行きますか？　明日でも大丈夫ですか？」

「いやいやいや、マリカ様は貴族様やギルドから専任依頼を受けていたかと。そんな簡単に引っ越しなんてできないんですよ」

「一年分のポーションは保管してます。それ以降はスチュアート商会を通して注文を受ければ問題ないですよね？」

「そ、それは、まあ、ありがたいお話ですが……」

「では、うちの倉庫にある全ポーションの引き取りをお願いします。取り引き先にはスチュアート商会を指定しておきますね。で、出発はいつですか？」

「と、十日後でございます」

◇

「ふぅー、これでようやく全員の鑑定が終わったかな」

村の入口で行った鑑定の結果、特に問題のある錬金術師は見当たらなかった。不遇なスキルを授かった人たちなので苦労も多いのだろう。

鑑定をしても、忍耐力のある頑張り屋さんが多いかな、という印象だった。なかでも特に目を引いたのはマリカ・クレメンツ。薄いブルーの髪色をした美しい少女だ。

僕より二つ年上ながら、中級レベルの錬金術師で、しかも品質保持スキル持ちというまさに天才だ。

スチュアートに感謝しなければならないな。こんなすごい人材を連れてきてくれるなんて。

「初めまして、僕がここネスト村で領主をしているクロウ・エルドラドです。皆さんと同じ錬金術スキル持ちです」

「そ、それでは、あなたが、あのポーションを作られた神なのですか？」

天才少女、マリカさんが食い気味に質問をしてくる。よく見ると、エルドラド家の印の入った瓶を首から下げている。首、重くないのかな……

「あっ、はい。ここでポーションを作ってるのは僕だけなので、その鳥印の瓶はここで作った物だと思います」

「ああ、あなたが神でしたか……」

ちょっと怖い感じがするのは気のせいだろうか。天才って、よくわからないところがあるからね。人柄的には問題なさそうなので大丈夫だとは思うけど。

「あ、あの、すみません。畑でヒーリング草が育てられているように見受けられたのですが、ヒーリング草に似た野菜の間違いですよね？」

他の人も疑問に思っていたのだろう。やはりうちのヒーリング草が気になっていたようだ。

「あっ、いえ、ここでは、ヒーリング草は畑で育てています」

「ヒーリング草を畑で!?」

「そんな馬鹿な」

「やっぱりヒーリング草だったのね」

「で、でも、ヒーリング草は育てられないはずです」

錬金術師たちのどよめきが激しい。ちゃんと説明しないと納得してもらえないか。

「ヒーリング草は通常魔物がいる場所で育ちますよね。僕はその土を分析しました。すると、土の養分はもちろん、そこに魔力があることに気がついたのです」

「土に魔力が……」

「栄養と魔力に溢れたこの土を魔力腐葉土と呼んでいます。ネスト村の畑では魔の森のような魔力腐葉土を再現することで、いつでも新鮮なヒーリング草を手に入れることに成功したんです」

「さすが神です。質の高いヒーリング草があるから、Bランクポーションが作れるのですね」

マリカさんが、畑の土を自らの頬に擦りつけるようにしてうっとりしている。やはり天才の考えることは理解不能。

「それもだけど、この周辺はキルギス山系の美味しい地下水もありますからね。ポーションのランクは高くなりやすいんです。きっと努力すれば、皆さんもBランクポーションが作れるようになると思います」

「私たちがBランクポーションを……」

「つ、作れるのか!?」

「ネスト村ではCランク以下のポーションは作りません。ですので、Bランクポーションを作れるようになるまで、畑の世話や村のメンテナンス作業をしてもらいながら、錬金術スキルを磨いてもらおうと思います」

「畑の世話?　村のメンテナンス?」

「あー、そうですね。錬金術スキルというのは、慣れるとこういうことができるようになります。

錬成、耕土」

地面に手をついて、いつも通り畑に魔力を馴染ませながら混ぜ込んでいく。

「畑が黄金色に輝いているぞ！」

「ヒーリング草の葉が一回り大きくなった」

「ゴ、ゴーレムもピカッてるわよ⁉」

「あとは、こんな感じで土壁も造れますし、魔力を付与して強度を高めたりもできます。錬成、土壁補修」

「そ、それは、土魔法なのでは……」

「つ、土魔法ですよね？」

「土魔法でしかないっ！」

「錬金術スキルは、ポーションを作るだけのスキルではありません。魔力との等価交換により、このように自然物質に影響を与えることもできます」

「す、素晴らしい！　さすがは神です。錬金術スキルの新しい未来を見た気がします」

「あっ、僕のことはクロウと呼んでください。これからはポーション作りや村を支える仲間です。とりあえず、畑に魔力を注いでみましょう」

見様見真似で地面に手をついて魔力を流そうとする錬金術師たち。しかしながら、畑にはまったく魔力が流れない。

まあ、それが普通かもしれない。

ところが、いきなり成功した者がいた。

そう、マリカ・クレメンツ。天才少女だ。

「クロウ様のスキルの流れは見ておりました。魔力を畑の土に錬金術スキルで干渉していくのですね。土を柔らかく掘り起こしながら魔力を混ぜ込んでいく。錬成、耕土！」

さすが、現時点で唯一B級ポーションを作れるだけはある。もともとのセンスがいいのだろう。

でも、これでハッキリした。

僕以外の錬金術師でも等価交換による魔力干渉に成功したのだ。

つまり、練習次第ではここにいる全員ができるようになるはず。

「さすがです。マリカさんは明日からB級ポーション作りに参加してもらいます。そうですね、マギカ草で魔力回復ポーションを作ってもらいましょうか。皆さんも負けずに励んでくださいね」

「で、でも、いったいどうすれば……」

マリカさんが成功したことで、みんなの目つきが変わったように見える。決して無理なことを要求しているわけではない。錬金術師ならできることなのだと。

「そうですね。とにかく、錬金術スキルを使いまくってもらいます。Bランクの魔力回復ポーションを用意しておきますので、土壁の錬成、ポーション作り、畑への魔力供給など、とにかく、繰り返しやってもらいます」

錬金術師たちにそう伝えると、僕はその場をあとにした。

今度はセバスと話をする。

セバスとお父様の話し合いの結果、Aランクポーションについては販売を規制することになったとのこと。すでにスチュアート商会に販売した物については構わないが、今後は商会のルートに流さないようにするとのことだった。

「これは、フェザント様がクロウお坊っちゃまを思ってのことでございます。Aランクポーションを作れることが知られたら、事件や誘拐などに巻き込まれる可能性もございます」

「なるほど、だから秘匿するということだね。でも、Aランクポーションは貴族の派閥争いに必要だからお父様に必要な分は用意すると」

「そうでございます。公爵様にポーションを回すことになるのでしょう。それから、ラヴィーニファングの素材に関してなのですが……」

その素材については公爵様でも判断がつかないということで、お父様も同行し、王都ベルファイアへ運び込まれているそうだ。

お、おう、マイダディに、ご迷惑をお掛けしてしまったようだ。

「今回のことで公爵様との打ち合わせもあったのでしょう。それに討伐したわけではなく、死体を発見しただけですので、そこまで大事《おおごと》にはならないはずとのことでございます。素材については正式ではございませんが、十億ギルはくだらないだろうと」

「じゅ、十億ギル……それは、またすごい数字だね。それで、ラヴィのことは何か言ってたかな？」

「それにつきましては、フェザント様も公爵様も知らないことにすると」

「はあ？」

「そんな報告は受けていないし、聞いてもいない。そもそも、それはワイルドファングの亜種のシルバーファングだろう。そうに違いないとのことでございます」

逃げたな。

Aランクポーションやラヴィーニファングの素材で手一杯ということか。それでも、殺すという判断をしなかったあたりに、お父様の優しさが窺い知れる。

「一応、独り言ではございますが、フェザント様がAランクポーションで公爵様に、そうしていただくようゴリ押しした感じでございます」

おう、マイダディ、無茶をする……

息子を辺境の地へ飛ばしたことでも気にしたのだろうか。

こちらとしては別に何とも思っていないし、むしろセバスを使って、そう仕向けたところもあるので気にしないでもらいたい。

「もう一つ、これも独り言でございますが、『あの巨大な成体の姿を見たうえで、クロウがラヴィーニファングを育てると判断したのなら特に反対はしない。しっかり責任をもって面倒を見なさい』

とのことでございます」

「非公式ながら許可が出てしまったということだね。何か問題があれば僕の責任になるよと。今のところネスト村の人たちとも仲良くしているし、僕としてはこのまま護衛として育てていくつもりだよ」

「かしこまりました。こうなった以上、私も特に反対はいたしません。十分な信頼関係を築けているように見受けられますし」

「あと、こちらからも話しておくことがいくつかあるんだけど、いいかな？」

ブラックバッファローのこと、それを倒すために錬成したギガントゴーレムのこと。

それから、お隣に引っ越してきたケポク族の川リザードマンたちのこと。

短期間ながら、話をしてみると結構大変だったように思えてくる。僕自身が戦ったわけでもないから、どこか他人事《ひとごと》に感じるのかもしれないけど。

「あの骨はやはりブラックバッファローの物でしたか……またフェザント様にご報告をしなければならないところですが、これは私も知らなかったことにしておきます。どうせ報告することは、すぐ山のように出てくるのでしょうから。はぁぁ……」

セバスが頭を抱えながらため息をついている。僕の顔を見て、ため息つかないで！

「魔の森は落ち着きを取り戻したようだから、とりあえずは領地開拓に邁進《まいしん》できるね」

「しばらくは、錬金術師たちを育成していく感じでございますか」

もちろん、それは最優先事項だ。急ぎBランクポーション作りを求めているわけでもないんだけどさ。そんなのは僕とマリカで人手は間に合っているし。

「雑用、もとい、畑の魔力供給や土壁の修繕、下水処理のメンテナンス関係をしっかり学んでもらわなきゃならないよね。あと、家を造れるようになれば言うことないんだけど」

「さすがに求めすぎでございましょう。それでも、畑に魔力供給できた者がいたとか？」

「うん、天才がいたよ。マリカ・クレメンツ。彼女は品質保持スキルも持っている。これで、ポーションも村の食料事情もガラリと変わってくるね。彼女をこの村から離れないように繋ぎ止めなくてはならないよ」

「あー、あのポーション瓶を首から下げていた少女ですな。それなら簡単でございます」

「も、もう、弱みを握っているの？」

さすがはエルドラド家の元筆頭執事なだけはある。錬金術師たちの情報など把握済みか。

「彼女はお坊っちゃまを尊敬しています。一緒にポーションを作るだけでも十分でしょう」

「えっ、それだけ？」

どうやら、それでいいらしい。


それから午前中に畑で魔力供給の訓練を行い、そのままマギカ草を収穫し、錬金術師用のアトリエに持って帰ってきた。

現在、アトリエには僕とラヴィとマリカさんだけだ。

今のところ、Bランクポーションを作れるのはマリカさんだけだからね。

他の錬金術師たちは、畑への魔力供給や土壁を出す練習をしてもらっている。何人かは小さいながら土壁を出現させていたので、訓練を重ねていけば僕の雑用業務もかなり削減されるはずだ。

「ここでポーションを作るのですね！」

ここは錬金術師用に少し広めに造った研究室兼アトリエだ。三十名の錬金術師たちが働く職場になるので大きめの二階建てになっている。

「一階に井戸があるから、いつでも水を用意できるんだ。便利でしょ」

ポーション製造用にかなり深めに掘った井戸の上にアトリエを造ったので、雨が降ろうが風が吹こうが、昼でも夜でも気軽にポーションが作れてしまう。

「はいっ、これならずっとポーションを作っていられます」

ずっとは作らなくていいよ。

「実は、僕もマリカさんと同じダブルスキル持ちでね。鑑定というスキルを持っているんだ」

「鑑定ですか。聞いたことのないスキルですね。いったいどのようなスキルなのですか？」

「例えば、この朝採れのヒーリング草だけど。僕が鑑定すると、『ヒーリング草　品質は上級』と表示されるんだ」

「上級のヒーリング草……そ、そんなことがわかってしまうのですね。さすがは神です。確かに葉もぷっくりとした、とても美しいヒーリング草です」

「これを綺麗な水と合わせて錬成すると、Aランクポーションも不可能ではない。水自体も錬成して、不純物を取り除かなきゃならないけどね。たぶんマリカさんならすぐにAランクポーションも作れるようになると思うよ」

「私がAランクポーションをですか……」

王都出身のマリカさんが手に入れられた薬草の材料は良くて中級、ほとんどが下級ランクだろう。それでBランクポーションを作った実績があるのだからたいしたものだ。

「試しに一つ作ってみよう。材料は僕が用意した物を使ってみて」

「は、はい」

目の前には今朝採れたばかりのマギカ草と、昨日汲んで僕が不純物を取り除いた綺麗な水がある。どちらも僕の鑑定で上級判定の代物だ。

この素材で僕がポーションを錬成したらAランクポーションが完成する。マリカさんなら可能性があるのではと思っている。

「錬成、魔力回復ポーション！」

マギカ草と水が混ざり合い、徐々に色が鮮やかに変化していく。キラキラと輝く美しい白金色をしたポーションだ。

「こ、この色は!?」

「うん、Aランクだね。いや、少し足りなかったか……」

ポーションは一瞬だけ白金色を帯びたのだが、ゆっくりと薄翠色《うすみどりいろ》へと変化していった。Aランクに限りなく近いBランクといったところか。

「す、すごい。あの白金色がAランクのマジックポーションなのですね！　わ、私は届きますか。神の領域に届きますか？」

僕の両肩はぐわんぐわんと揺らされている。マリカさん、たまに目がイッてしまう時があるから恐い。上手くやっていけるのか、若干不安にさせられる。

「きゃ、きゃう」

「あっ、す、すみません。つい興奮してしまいました」

ラヴィ、ありがとう。遠慮がちに小さく吠えてくれたおかげで、マリカさんが正気を取り戻してくれた。

セバスからはなるべくマリカさんの近くにいなさいと言われてるけど、この少女の性格というか距離感を掴みかねている。

「初回から惜《お》しい錬成だったね。これならすぐにAランクポーションが作れるよ。といっても、商会に売るのはBランクだから、今日はBランクポーションをどんどん作ろう。あと、錬金術師たちにもマジックポーションが必要になるだろうからね」

今回もスチュアートにポーションを納品しなきゃならない。最近は慌ただしかったからそこまで在庫を保管してなかったんだよね。Aランクを渡せない以上、スチュアートには数で儲けてもらいたいと思う。

「クロウ様のポーションがあれば、三日ぐらい寝ずに作れます！」

「いや、そんな無理はしなくていいよ。いったい何本作るつもり!?　あと、ポーションの使い方が間違ってるからね」

なんだろう、このブラック企業みたいな命を縮めていくスタイルは。彼女をアトリエの代表にと思ってたけど、ヤバい団体になりそうだからやめた方がいいというのはよくわかった。

「ざ、残念です」

「それよりも、マリカさんにはやってもらいたいことがあるんだけど」

「やってもらいたいことですか？　何かの人体実験でしょうか？　それとも新薬の試飲でしょうか？」

もしそうだとしても、引き受けかねない前のめりな姿勢に危うさを感じさせられる。この少女の取り扱いには十分注意が必要だ。

「マリカさんのもう一つのスキルだよ」

「あっ、品質保持スキルですか」

そんな残念な顔をしないでもらいたい。何で実験されたいんだよ。

「うん、ポーションに品質保持魔法があれば価値は上がる。ネスト村の収益アップにも繋がるからね」

「納品する数はどのくらいでしょうか。百本程度でしたら半日で終わりますよ」

結構時間が掛かる魔法らしい。スチュアートには五百本ぐらい納入しようと思っていたけど、全部は難しそうだね。

「そうしたら、キャラバンが出発するまで品質保持魔法を優先してもらってもいいかな」

「かしこまりました」

ポーションが保管されている倉庫に着くと、マリカさんはすぐにスキル魔法を展開した。

「品質保持魔法展開！」

品質保持魔法は空間系の魔法スキルだと聞いたけど、かなり緻密《ちみつ》な魔法のようで、空間を指定したり、物体の時間軸に影響を与えたりするものらしく、何というか思っていたよりも難しそう。

現在、倉庫にあるポーションは、マリカさんによって結界のような魔力に囲われている。時間を固定するための作業とかで、この魔法を展開している間は半日身動きが取れないそうだ。

簡単にお願いしてみたものの結構大変そうな魔法なので、今後のお願いの仕方にも気を遣わなければならないだろう。

「マリカさん、何か食べ物とか持ってこようか？」

「あっ、それでしたらクロウ様のポーションをお願いします。きっと集中力が増すはずなので」

「そんなのでよければ、倉庫にはいくらでも保管してるから……」

「では、三本！」

「い、いや、一日二本までにしとこうか。さっき飲んだから今日はあと一本ね」

「そ、そんなぁー」

ポーションを飲みすぎて中毒になった人とか聞いたことがないけど、ヒーリング草でダメになった魔物なら知っている。ネスト村的には卵が手に入るから感謝しているんだけどね。

というわけで、ポーションの飲みすぎには一応注意したい。しかし、マリカさんが今までも自分で作ったポーションを飲んでいたとしたら、もう遅い可能性もあるのか……

「マリカさんはポーション飲むの好きなの？」

「好きです！　自分で作ったのは飲みませんが、クロウ様が作ったポーションは何本でもいける気がします」

「そ、そうなんだ」

自分で作ったのを飲まないなら大丈夫かな。僕の作ったポーションを倉庫で別の人間に管理させればいい。

「味もコクも、喉越しもスッキリでとってもスペシャルです。食堂でも売れると思います」

ネスト村に食堂はないけどね。

それにそもそもBランクポーションって、前回十万ギルでスチュアートに売ったんだけど、どんな定食になるんだろうね。そんなセット絶対売れないからね！

「と、とりあえず、ピザでも焼いてくるから待っててよ。少しはお腹に入れた方がいいからさ」

「はい、ありがとうございます」

せっかくだし、ピザにヒーリング草の葉を載せてあげようかな。たぶん、焼けば大丈夫だろう。マルゲリータみたいに意外と合うかもしれないしね。

具は、ラリバードの肉と卵にたっぷりのチーズとスライスしたトメイトでいいね。

ピザ窯には朝から火が入っている。誰かしら朝食に食べるので、窯は夜まで温まっている状態が続くのだ。

広場に行くと、お昼前なのでそこそこ並んでいる。今日もピザは大人気なようだ。

みんな村で採れた野菜などいろいろ試しているようで、かなりバリエーションが増えてきている。

というわけで、鶏肉とたっぷりチーズのヒーリング草マルゲリータが完成だ。

みんな、僕がヒーリング草の葉を載せているのを見て驚いていたが、すぐに誰かチャレンジするだろう。

さて、アツアツが美味しいからね。早速マリカさんにピザを食べてもらおう。

「何ですかこれは……パンですか？　卵に、これはチーズ。豪勢な昼食ですね」

「これはピザって言うんだ。載せている具材はほとんどがネスト村で採れる物なんだよ」

「すごいです。ここが辺境の村とはとても思えません」

「ネスト村には美味しい食材がいっぱいあるけど、辺境だけに日持ちしない食材は売り物にならないんだよね」

「肉やチーズ、そして高級食材である卵がいっぱいですか……」

「あっ、チーズは近所のラグノ村からだけど、卵はラリバードの飼育場があるからいっぱい手に入るよ」

信じられないって顔をしているな。まあ、この世界の人からすると、魔物であるラリバードを養《よう》鶏《けい》するって考えはないのかもしれないけど。

あとで、ラリバードの飼育場を見せてあげよう。そうすれば、ヒーリング草の摂取しすぎがどのような影響を及ぼすのか、一つの判断材料となるだろう。

「アツっ、うわっ、とっても美味しいです。知っている食材でも組み合わせでこんなに変わるのですね。そして、卵が使い放題だなんて……」

使い放題ではないけど、最近は卵が余り気味になっていたのは事実だ。移民は増えるけど、ラリバードの数も同様に増えていく。

「ネスト村では卵も売りに出したいと思っているんだけど、夏場だとあまり日持ちがしないんだよね……」

「つまり、卵も品質保持すれば高額で取り引きされるということなのですね。それでしたら私のスキルの出番ですね。お任せください」

「いいの？　結構時間の掛かるスキルのように見えたから大変かなと思ったんだけど」

「そうですね。この時間はポーションが作れないのでつらいですが、この村のためになるのであればぜひとも協力させてください」

「ありがとうマリカさん」

「私のことはマリカでいいですよ。では、クロウ様のBランクポーション、一日三本で手を打ちましょう」

「マリカがそれでいいなら……」

昼食を食べ終わった僕は品質保持をマリカにお願いして、他の錬金術師たちの様子を見に行くことにした。

「マリカ、ポーションだけじゃなくて、水も置いておこうか？」

「えっ、クロウ様のポーションがあれば、他に飲み物なんていりませんよ」

さも当然のように言われてしまった。やはりマリカはポーションおたくの残念女子だ。

早く倉庫の管理者を決めておかないと、いつの間にかポーションが全部飲まれてしまう可能性も否定できない。

さて、畑で頑張っている錬金術師たちは元気に訓練しているだろうか。陣中見舞いにマジックポーションをいくつか持っていかないとね。

マリカ以外の錬金術師の能力は、ほぼ横一線、まさにどんぐりの背比べだ。これからの訓練によって差が出てくるのかもしれないけど、まだまだB級ポーションの壁は高い。

しばらくは、村のメンテナンス要員としての活躍になると思う。もちろん、ポーション作りも並行してやってもらうけどね。反復練習は能力の向上に繋がるはずだから。

それでも、一応気になる人物はいる。

【ジミー・マクダネル】
二十七歳。男性。
錬金術スキルC級。
地味で真面目で几帳面。儲けの少ないCランクポーションをやりくりして辛《かろ》うじて利益を出していた強者《つわもの》。節約料理が趣味。

この青年のすごいところは錬金術師一本で生活していたことだろう。話を聞いた限りでは、アルバイトや副業をせずに錬金術師一本で働いていたのは、マリカとこのジミーだけだった。

錬金術師が不遇と呼ばれる所以《ゆえん》だろうけども、Cランクポーションの販売だけではとても食べてはいけない。

「ジミー、錬成は順調かな？　はい、マジックポーション」

「これはクロウ様、ありがとうございます。少しずつコツを掴めてきました。長く錬金術師をやっていましたが、スキルにこのような使い方があるとは夢にも思いませんでした」

ジミーは畑で耕土をするチームで訓練をしている。薬草を育てているケンタッキーが近くでその様子を微笑ましそうに眺めていた。

ちゃんと仕事しないとラリバードに怒られるぞ。

「確かにこれだとまるで農家だもんね。錬金術師っぽくはないよね」

「ネスト村の方々は、どこか私たちを尊敬の眼差しで見てくるのです。こんなにも期待に満ちたキラキラの視線というのを、今まで感じたことがなかったので、それがとても眩しくて正直かなり戸惑っております」

地味な訓練をさせてしまって申し訳ないと思っていたんだけど、錬金術師たちの表情はとても明るく、その目はやる気に満ち溢れている。

「なるほど、よく見ればケンタッキーの表情もそんな感じがしないでもないね」

最初は珍しいものでも眺めているのかと思っていたのだけど、どちらかと言うと応援している感じだ。

「きっと、この村ではクロウ様の錬金術によって生活が向上し、安全が確保されたからなのでしょう。彼らは、私たち錬金術師にクロウ様の姿を重ねて応援してくれているのだと思います」

ネスト村に関してだけ言えば、錬金術スキルを不遇とバカにする人はいないかもしれない。その居心地のよさを彼ら錬金術師たちも感じているのだ。

結果として、みんなのやる気が上がってくれているなら、僕がやってきたことも無駄ではなかったということか。

「でぇいやぁー！」

「の、伸びろー」

地味な作業だが、頑張って畑に魔力供給してくれている。

今まではポーションを作っても安いお金で買い叩かれ、たまにお金が回らなくなり、材料を仕入れるために他の仕事をしなければならなかったのだ。

「いっけぇー」

「止まるんじゃねぇぞ！」

苦労が多かっただけにやる気十分といった感じだ。

でも気合いの入った掛け声とは裏腹に、畑に伸びる魔力のピカピカは二メートル前後で止まってしまう。

これでは、全員でやっても半日近く掛かってしまうだろう。

慣れるまでは致し方ないが、すぐに三百人規模の移民者がやって来るので、実際にはこの四倍近くの畑に魔力供給をしなければならない。

そうなると、僕とマリカで一箇所ずつ、残りの二箇所を他の錬金術師たちに任せる感じになるか。

「あ、あの、クロウ様。この部分の畑はいくら魔力を流してもまったく手応えがありません」

そこは、ギガントゴーレムが体操座りしている畑。そりゃそうだろう。そのギガントゴーレムさんは、僕の魔力の半分を吸い尽くさないと満足できない体の持ち主なのだ。

「あー、うん。この畑は別格だから他の場所で訓練した方がいいかも」

魔力を流した先からギガントゴーレムが吸い上げているので、ほとんどピカリもしない。他の場所のようにピカピカと魔力が伸びていくのが見えた方がやる気にも繋がるはずだ。

「では、あちらのデトキシ草畑をピカらせてまいります！」

「うん、ジミーにマジックポーションを預けておいたから、あとで休憩しながら飲んでね」

「ありがとうございます！」

うん、みんな本当によく頑張ってる。

さて、次は外で土壁を錬成しているチームを見てこようか。

というか、いつの間にか僕から離れてしまったラヴィが、ブラックバッファローの骨の山の前でスチュアートと一緒にいるのが見えた。

「うん、すごく興奮してるね」

尻尾をぶん回しながら、スチュアートが手に持つ骨をお座りしながら待っている。

スチュアートは骨が売り物になるか調べているのであって、君にあげようとしてるわけではないよ。

「あっ、投げた！」

ラヴィの情熱に負けたのだろう。スチュアートは手頃なサイズの骨を遠くへ投げて遊んでくれた。

僕はスチュアートのもとに向かう。

「スチュアート、仕事の邪魔をしちゃって悪かったね。どう？　骨は売り物になりそうかな」

「そうですね。焼いてしまっているので強度が少し弱いようなのです」

「あー、なるほどね」

確かに、サイファが気合いを入れてファイアしてたからな。となると、畑の養分にするしか使い道はないか。

「ですが、この骨には魔力が含まれているのではないでしょうか？」

「そうだね。魔力は感じるよ。やはり畑に撒くしかないか……」

「それでしたら、この骨を粉にしていただければ、畑の肥料として売り物になるでしょう。ネスト村の畑は魔力供給によって作物の成育が素晴らしい。魔力を含んだこの骨なら買い手もつくのではないかと」

錬金術師がいなくても畑に魔力や養分を蓄えられるなら、確かにお金になるかもしれない。魔力のある土が作物に良い影響を与えるのは実証済みなんだ。

「オッケー、スチュアート。Aランクポーションは売れなくなったけど、代わりにこの骨粉で稼ごうか」

スチュアートには今後もいろいろお願いすることがある。これぐらいで恩を売れるなら容易《たやす》いものだ。

「よろしいのですか？」

「もちろんだよ。それから、この粉の成分や作り方については秘密にするように」

「もちろんでございますとも」

「ふふふっ」

「ははははっ」

お互いに悪い顔をしていたのだろう。いつの間にか魔の森から戻ってきていたローズが気持ち悪いものでも見るかのように通り過ぎていった。

し、失礼なヤツめ。

一緒に戻ってきたオウル兄様が話しかけてくる。

「クロウ、錬金術師たちが苦戦してたぞ。お前の知っている錬成のコツを少しでも教えてやれよ」

「了解です。オウル兄様おかえりなさい。今日は早かったのですね」

「今の魔の森は魔物の数が少ない。狩りすぎても良くないからな。だからキャラバンが出発するまではローズの特訓がメインになりそうだ」

なるほど、そういえばローズの服はかなり土埃《つちぼこり》で汚れていたな。ローズの体力切れで戻ってきた感じなのだろう。気持ち悪いものを見る目つきではなく、単純に疲れていただけなのかもしれない。

そう思うことにしよう。

ローズを見ると、ラヴィを抱きしめてモフ成分を補給しつつ疲れを癒している。

しかしながら、骨の山に興奮してるラヴィは腕の中で暴れ回っている。

「ちょっ、ラヴィったら、大人しくしなさい」

ふっ、場所が悪かったな、ローズよ。

「それでは、僕は土壁チームの様子を見てきますね」

「おう、頑張れよ」

「オウル兄様も、騎士学校では頑張ってください。遠くより応援しております」

「クロウに心配されるまでもねぇ」

オウル兄様がネスト村にいられるのも残り数日か。寂しくなるけど、オウル兄様は騎士になるために王都の学校へ行かなければならない。

この場所まで来てくれたことには感謝しかないのだ。魔の森での狩りは実戦の訓練に繋がったのだろうか。何か他に僕にできることがあれば力になりたい。

そういえば、たった三ケ月で剣はボロボロになってしまったんだよね。主にブラックバッファローのせいだけど。

「そうだ。バーズガーデンに戻られる前に、ブラックバッファローの骨を使って、オウル兄様の剣を錬成しましょう。まだ焼いてない骨があったかと」

「本当か！」

思いのほか、オウル兄様の食いつきがいい。

「う、上手くできるかはわかりませんよ」

「クロウ！　わ、私の剣も刃こぼれがね」

「クロウ様、私は弓で構いません」

「で、では、私のショートソードを！」

話を聞いていたローズや、サイファを除く疾風の射手の二人も俄然《がぜん》前のめりだ。

まあ、サイファは武器使わないからね。でも、どうせ作るなら一緒に杖でも作ってあげようか。

魔力の通りが良ければ、魔法の威力も上がるかもしれないし。

「失敗しても怒らないでくださいよ。武器は作ったことがないんですから」

ローズもしばらくはネスト村に残ってくれるので武器が心許ないと困るだろう。錬成で骨の密度を高めて魔力を混ぜながら強度を上げていこう。

「ネルサス、火をつけていない骨を持ってきてくれるかな。錬金術師たちに錬成の仕方を教えながら武器を作るとするよ」

「弓のためなら喜んで！」

さて、目の前では魔力が少なくなり疲れ果てている錬金術師たちが地面に座っている。

三十センチ程度の小さな土壁や、サイズがデコボコな土壁がある。どれも強度は弱そうで崩れかけている物がほとんどだ。

やはり、まだ少し時間がかかるかな。それでも錬成できていることは事実だ。繰り返し訓練することでもっと良くなるはず。

そこへちょうど、カリスキーたち狩人チームがラリバードサンドを持ってきてくれた。鶏肉と卵の相性バッチリサンドは、みんなも虜《とりこ》になること間違いなしだ。

「皆さん、お昼ご飯をお持ちしましたよ」

「ありがとうカリスキー。僕もマジックポーションを持ってきたから、ここらで休憩にしようか」

「あ、ありがとうございますクロウ様、カリスキーさん」

「かなり苦戦してるようですね。お腹いっぱい食べて、ポーションで魔力回復して午後も頑張ってくださいね」

「あ、あの、クロウ様。何か上手くやるコツとかないのでしょうか？」

ここまで錬金術スキルを使ってきてわかってきたのは、イメージが大事だということだ。

僕がこのスキルを他の人より多少上手く扱えるのは、曲がりなりにも前世の現代知識があるからだろう。

「そうだね。お昼休憩がてら僕の錬成を見てもらうことにしようか」

「クロウ様、ブラックバッファローの骨はこれぐらいで大丈夫でしょうか。もっと持ってきましょうか？」

意外に力持ちなネルサスが大量の骨を抱えて持ってきてくれた。

「ありがとう。それだけあれば十分かな」

それにしても、この大量の骨でいらぬ注目を集めてしまった。

骨で武器を作るのは僕も初めての経験なので、失敗したら恥ずかしいというのに。

もちろんできるイメージはあるんだけど、錬金術師たちのボスとして最初が肝心であることは間違いない。

「大量の骨で、クロウ様は何をお作りになるのでしょう？」

「我々の想像など遥かに超えてくるのは間違いない」

「錬金術スキルに絶賛革命を起こしている方ですからな！」

まずいな……みんな骨に注目しすぎている。ここから、僕がただの土壁を造ったところでたいした感動も起きない。

もちろん、畑に魔力供給などしたところで、その地味さにただがっかりされるだけ。

今はお昼休憩ということで、畑チームのジミーたちも集まってしまっている。

失敗は許されないのだ。

まあいい。誰も武器を作るとは思っていないんだ。何も言わなければ僕が失敗したとしても彼らにはわからない。たとえ地味でも、適当に骨を強化する訓練とでも言ってしまえばいいのだからね。

「クロウ様、自分の弓は少し大きめのサイズにしてもらえますか？　ここ最近腕力も上がってきたんですよね」

「な、何と、あの骨から弓を作るというのか!?」

「ただの骨の状態から武器が作れるのか？」

「あー、自分は弓をお願いしてますけど、オウル様やローズ様には、すっげー剣を錬成すると言ってましたよ」

おい、ネルサス。貴様、裏切ったな。

僕の気持ちも知らずに何て余計なことを……

ネルサスは期待に満ちた目で、僕の錬成を楽しみに待っている様子。くそっ、ネルサスのくせに。こんなことなら、余計なことを言わないリーダー、ヨルドにお願いするべきだったか。サイファだと力が弱そうだから大量の骨持ってこられないしね。

「ちっ、しょうがない。やるしかないのか」

舌打ちする僕を、首を傾げながら眺めるネルサス。悪気《わるぎ》がないのがなおのこと憎らしい。

錬金術は万能ではない。たとえ慣れている僕であっても失敗することだってある。それを知ることもきっと大事なこと。

やってやろうじゃないか。

「今日のクロウ様、気合い入ってるなぁ。その調子で最高の弓をお願いします！」

くっ、ネルサスの煽《あお》りのせいで魔力に乱れが出てしまうが、何とか強引に抑え込めた。

骨全体に魔力を流していき馴染ませつつ、弓のイメージを高めていく。

「錬成、武具生産！　弓」

「おおぉ！」

「骨が弓の形に変形していく」

「す、すごい……」

見た目には何とか弓の形まで持っていけたか。強度はそれなりだとは思うけど、成功したのかはまだわからない。

とはいえ、弓の弦《つる》の部分はこの場にはないので、試し射《う》ちすることもできまい。

つまり、何とか逃げきれた。みんなの羨望《せんぼう》の眼差しを裏切らずにやり遂げたのだ。

「こんなところかな。ネルサスの今使っている弓よりも少し長くしておいたから、あとで試してみて。何か問題があれば調整するから」

「ありがとうございます！　さすがクロウ様です。ついでになんですが、矢も錬成いただくことは可能でしょうか？　辺境の地では矢を自分で作らないとならなくて大変なんですよね。骨はいっぱいありますし、これで矢を作ったら威力も高そうだし、繰り返し何度も使えそうかなって」

矢か。ネスト村には武器屋なんてないので、魔の森から戻ってきたヨルドとネルサスが木を削って矢を作る姿はよく見ていた。

ネルサスだけの問題なら放っておこうとも思ったが、ヨルドのことを考えたら何とかしてあげたいとも思う。

何だかんだ疾風の射手には、これからも魔の森で頑張ってもらわなければならないのだ。

「うん、わかった。今まで使っていた矢を貸してもらえる？　重さは近い方がいいでしょ」

「わかってらっしゃる。どうぞ、こちらでございます。弓が大きくなった分、多少は重くしていただいても結構です」

矢じりを鋭くして、重さはこれぐらいか。

何度も使用できるように強度も高く設定しよう。

「錬成、武具生産！　矢」

一本の大きな骨から数十本の矢ができ上がっていく。これぐらいの労力で作れるのなら、ひょっとして売り物にもなるのか。

スチュアートがいるうちに相談してみよう。訓練次第では、ここにいる錬金術師たちでも生産可能かもしれない。せっかく魔の森が近くにあるのだから、これを活かさない手はない。

「錬金術って、何でもありだったのか……」

「い、いや、クロウ様が特別なんだよ」

「でも、俺たちも頑張れば」

ざわめく錬金術師たちに僕は告げる。

「ええ、皆さんも努力を続ければ、これぐらいのことはすぐにできるようになります。今はコツを掴むのに苦労してるだけです」

「俺たちにも本当にできるのか……」

「はい、僕が思う錬金術とは、イメージをする力です。想像力が明確で強いほど錬成が成功しやすい。だからこそ、繰り返し錬成して想像力を高めてください」

マジックポーションもあるから練習し放題。やる気さえあればいくらでも伸びる環境だ。あとはとにかく繰り返し頑張ってもらおう。


その後、僕はアトリエに戻ってきた。剣の錬成については誰もいない所でやる。

だって、この流れで失敗は許されないんだ。錬金術師たちのキラキラな目に耐えられない。

土壁ならいくらでも錬成できるが、初めてのことでプレッシャーの掛かった錬成はあまりしたくないのだ。

とはいえ、ネルサスの弓作りで練習ができたから大丈夫かなとは思ってる。弓はしなやかな強さが求められるけど、剣は純粋な強度と鋭さだ。

オウル兄様とローズは、身体補助魔法を使うスピードタイプだから重い剣は求めていない。

つまり、強度と軽さのバランスが重要になる。軽すぎては威力が伴わないし、重すぎてはスピードを殺してしまう。

骨の密度は魔力を練り込み、極限まで高めていく。その代わり、薄く、しかしながら強度のある一振りに仕上げる感じか。

「錬成、武具生産！　剣」

オウル兄様の剣はローズの物より重い物に、筋力がそこまでないローズの剣は同じ長さでありながら、やや細くして軽さを出してみた。

気に入ってもらえると嬉しいな。

「あとは、ヨルドの弓とショートソードにサイファの杖だね」

プレッシャーの掛からない状況なら僕は強い。期待されながら何かをするというのは、思いのほか、精神的にも疲労するものなのだろう。

「錬金術スキルで武器まで作られてしまうのですか」

おっと、誰もいないと思っていたら、セバスがこっそり覗いていたようだ。

「オウル兄様には、ここまで助けてもらったからね。僕のできることで何かお返しがしたかったんだ。他の武器については、まあ、ついでだよ」

「疾風の射手の三名もローズ様も喜ばれることでしょう」

「セバスも何か欲しい武器はある？　作るよ」

「私は結構でございます。緊急事態ならいざ知らず、これからは内政の方が忙しくなるでしょう」

それもそうか。年老いたセバスには武器というより、もっと違う物で喜んでもらいたい。

「了解。何か別の物を考えておくよ」

「はい、楽しみにしております」

ちなみに、セバスと普通に戦っても勝てるイメージはない。火属性の攻撃魔法に加え、剣の達人でもある。遠距離でも近距離でも隙がないし、戦術的な地頭の良さもある。

僕が勝てるとしたら、距離を取ったうえで魔法のゴリ押し。もしくは、僕が戦うわけではなくなっちゃうけど、ギガントゴーレムでの一方的な蹂躙ぐらいか。

「何やら面白そうなことを考えていらっしゃいますかな？」

「い、いや、考えてない。全然これっぽっちも考えてないからね」

変なところで鋭いから注意が必要だ。ネスト村で一番頼りにしてるけど、一番敵に回してはいけないのもセバスなのだ。

「クロウお坊っちゃま。実は、新しい作物の種を持ってまいりました。畑も広がりますし、作物の種類を増やしてみてはと思うのですが、いかがでしょう」

「それはありがたいね。何の種を持ってきたの？」

「ジャガポテトにトメイト、それからナースやタマタマネギなどの野菜の種を持ってまいりました」

「それは素晴らしいね。小麦と薬草をベースにして、それらの野菜も作ってもらおう。特にトメイトはピザソースとしての需要がありすぎて全然足りなそうだったんだ」

「それから、バーズガーデンに戻った際にランブリング子爵ともお会いしました」

「ローズのお父様に。で、何か言ってた？」

「娘の修業とはいえ、ご迷惑をお掛けしていないかと心配しておられました。それで、ローズ様の身の回りの世話と護衛をさせるために、遅ればせながら侍従を向かわせるとのことでございます」

まあ、貴族の令嬢が一人で辺境にいるというのはどうかと思っていた。剣術バカのローズだからありえる話であって、一般的には普通のことではない。

「あれっ、お世話だけでなく護衛って言った？」

「はい。ディアナ・マクレイアー殿でございます」

「あー、あの、変態が来るのか……」

ディアナはローズ付きの侍従で、バーズガーデンにもたびたび一緒に来ていたからよく知っている。

ローズは気づいてないかもしれないが、あれは本気でローズを愛しているのだ。

何を言っているかわからないかもしれないが、ディアナはローズと同じ十二歳の少女でローズを心の底から溺愛《できあい》している。表向きはそのことを隠しているけど、付き合いが長い僕らからしたら丸わかりだ。

「ランブリング子爵もわかっていて、ローズ様に付けているのでしょう」

「本当に死ぬ気で守ってくれそうだもんね」

ローズがスピードタイプだとしたら、ディアナはパワータイプの剣士だ。

考えてみれば、今までディアナがここに来なかったこと自体が奇跡とも言える。ランブリング子爵的にも、自領に残され不貞腐《ふてくさ》れているディアナを厄介払いできるいい機会だったのだろうな。

でも、これはこれで僕的にもローズにウザ絡みされることが減る可能性が出てきたとも言える。料理ぐらいなら教えてあげてもいいけど、それ以外はディアナが面倒を見るようになるだろう。

「共同戦線を張れるかもしれない」

「共同戦線でございますか？」

「い、いや、何でもないよ」

「それで、ディアナ殿が来られるのであれば、そろそろ住む場所も考えた方が良いでしょう。ローズ様とお話になってみてはいかがでしょうか」

「そうだね。オウル兄様がいなくなるとはいえ、ずっと領主の館にいるっていうのもね。あれでもローズも一応は女の子だし」

ふむ、厄介払いできる口実を手に入れてしまったな。

「嫌よ。何でディアナが来たら、引っ越ししなきゃならないのよ」

「いや、だって二人とも女の子なんだしさ」

「ディアナにクロウの部屋の掃除もさせるわ」

「自分の部屋の掃除ぐらい自分でやるから大丈夫だよ」

「貴族が率先して自分の部屋を掃除しないでよ。移民も増えるんだから、身の回りの世話をする者ぐらい雇いなさいよ」

うっ、ローズにしてはまともなことを言いやがって。

いや、でもそれならば……

「なるほど、それもそうだね。住み込みのメイドを雇うことにしよう。住み込みの」

「なっ⁉」

「わかったら、ディアナが来るまでに荷物をまとめておくことだね」

「お風呂とかご飯とか洗濯とかどうすればいいのよ！」

「それはディアナが来るから大丈夫でしょ。温かいお風呂は……セバスかサイファにお願いしなよ」

「じゃ、じゃあ、石鹸《せっけん》とシャンプーもくれるんでしょうね？」

「それはしょうがないからサービスしてあげよう。ローズはいつも泥だらけだからね」

「いつもじゃないわよ。ぶん殴るわよ」

最近は、オウル兄様との特訓でかなり転がされているようで、魔の森から泥だらけで戻ってくることが多い。

オウル兄様も、あまり時間がないから厳しく訓練を見てあげているのだろう。

ローズもそれがわかっているからこそ、文句も言わずに頑張っている。

僕はそのストレスの捌《は》け口《ぐち》にならないように、戻ってくる頃になるとローズと距離を取りつつラヴィを派遣している。

モフモフは世界を平和にしてくれるのだ。

ちなみに、石鹸とシャンプーは僕が錬成に成功した。こちらの売買についてはマイダディに製品を送ってから判断を仰《あお》ぐことになっている。

セバスいわく。

「貴族向けの販売商品になるでしょう。はああ……」

盛大にため息をつかれてしまったが、生活の向上と衛生管理は大事なことなのだ。

村にいる女性陣も気づき始めているので、そろそろ隠すのも限界が近いのだけどね……彼女たちの目が何か怖いんだよ。

これは早馬《はやうま》で先に手紙を送るべきかな。

石鹸とシャンプーは、レシピさえ揃っていればマリカでも作れる。油とバーベキューやピザ窯で取れる灰を原料にして錬成した。

今はそこまで数が必要ではないけど、量産体制にもすぐ入れるだろう。その頃には、きっと他の錬金術師たちも力になってくれるはずだ。

錬金術はイメージが大事。いろいろなことを知ることが財産になっていくのだ。

◇

ということで、今日はこれから錬金術師たちの社会科見学を実施することになっている。午前中はラリバードの飼育場の見学をして、午後からは貯水池とかに行く。とりあえず、ヒーリング草の食べすぎがどういう影響を与えるのかをしっかり見学してもらいたい。

「それでは、ラリバードの見学に行くよー。ジミー、全員揃ってるかい？」

「はい、全員おります。何人かは畑の魔力供給の訓練のあとにラリバードを見てはいるのですが、未だに信じられないようです……」

「まあ、そうだよね」

ちゃんとメンバーのなかにマリカがいることを確認したので、粛々《しゅくしゅく》と向かおうと思う。今日は彼女にあのラリバードを見せることがメインなのだから。

歩きながら、ラリバードの生態について軽く話をしておく。オスとメスの違いや、羽を使った枕や布団などの商品開発。そして、もちろんラリバードの美味しい肉と卵について。

ラリバードだけでもネスト村では人気の商品が目白押しだ。あとは繁殖に成功さえすれば、このビジネスモデルはもっとお金になる。

現在、ケンタッキーにお願いをして、オスのラリバードをヒーリング草漬けにして、交配を促しているところなので成功することを祈っている。

まさか魔物を増やすことになるとは自分でも驚いているが、ヒーリング草がある限りラリバードに関して言えば何も問題が起こらない。魔物とはいえ、こんなに飼いやすい鶏はどこを探してもいないだろう。

「では、ここの飼育場の責任者であるケンタッキーを紹介しよう。彼にはここでの育て方について説明してもらうね」

ケンタッキーがラリバードのいる飼育場の中に入ると、ラリバードが魔物のくせにゴロニャンと集まってくる。

「ヒゥイ、ヒゥイ、ヒゥイ……」

「ヒーリング草農家、兼ラリバード飼育をしているケンタッキーです。こ、こらっ、あとであげるから大人しくしてろって」

「ラ、ラリバードが懐《なつ》いている……」

違う。あれは、懐いているのではない。ただの中毒症状なんだよ。ほらっ、目が死んでるでしょ。

「このように、ヒーリング草にはラリバードをリラックスさせる効果があります。ほっとくと食事を取らない場合があるので、必ず食後にヒーリング草をあげるようにしつけています」

「ここのラリバードは、とってもお利口《りこう》さんなのですね。やはりヒーリング草が魔物としての野性を抑えるのでしょうか」

違うよ、マリカ。薬なしではやっていけない体にされちゃったんだってば！

「良かったら、皆さんもヒーリング草をあげてみますか？」

錬金術師たちが魔物を近くで見ることなんてそうそうない。緊張しながらも大人しいラリバードに安心したのか、一人二人とヒーリング草を与えていく。

ポーションを作る錬金術師たちはもともとヒーリング草の匂いが付いているだけに、ラリバードの受け入れ態勢も早い。

「なんて可愛いのでしょう。どこを見ているのかわからないつぶらな瞳。首だけ器用に伸ばしてついばむ姿、とても愛らしいわ」

わかってないな。それを一般的に死んだような目と言うんだ。それから、首だけ伸ばしているのは、ただ単純に動きたくないからだ。薬による倦怠感的なやつに違いないんだって。

「な、なあ、これって……」

「ああ、可能性はあるかもしれない」

勘のいい錬金術師は気づいてしまったようだ。ラリバードが重度の中毒症状であることに。

チラチラとこちらを見てくるので、僕なりの解釈は伝えた方がいいだろう。

「ラリバードにとってヒーリング草の過剰摂取はこういった影響がある。でも、決して健康状態が悪いわけではないんだ」

「健康状態はいいのですか……」

「僕の鑑定結果によると至って良好だね。ヒーリング草やポーションが人間にとって悪影響があるかどうかはわからない。今のところこうなるのはラリバードだけだからね」

このあたりでやめておこう。あまり深く考えさせるのも良くない。少し考える機会を与える程度でいいんだ。

ポーションをがぶ飲みするのを少しでも躊躇《ちゅうちょ》してもらえればいい。

主にマリカだけど。

10　沼地のリザードマン

それから、貯水池を軽く見学したその足で、ご近所さんとなった川リザードマンに挨拶をしに行くことにした。

「錬成であの規模の貯水池を……」

「それよりも、川の支流工事だろ。どれだけ距離があるというのか……」

今は驚いているけど、そのうちにできるようになるはず。いや、できるようになってもらわなければ僕が困るんだ。

「次に向かうのは、川リザードマンたちが暮らすケポク族の集落だよ。貯水池が気に入ったようで、近くに造ってあげたんだ。ご近所さんになるし、魚と野菜の物々交換とかもしてるから仲良くしてね」

そうして歩くこと十分ほど。なぜかとても静かな貯水池。川リザードマンの姿も見えない。

「クロウ様、どなたもおられないようですね」

そんな馬鹿な……あんなに野菜を喜んでくれていたというのに、何も言わずにいなくなってしまったのか。

「まさか、もう引っ越ししちゃったのかな」

「あっ、あそこの小屋に何かがいます！」

ジミーが発見したのはゴブリン。しかも三体いる。僕たちがあげた野菜を、ムシャムシャと汚らしく食べているではないか。

「ゴブリン三体に追いだされたというのか……」

ケポク族、全部で五十人ぐらいいたと思うんだけど、それでも負けちゃうのか。

「ク、クロウ様、あそこ、貯水池の中央に顔を出しているのが川リザードマンでしょうか？」

貯水池の水面に多くの目と鼻だけが浮かんでいる。

どうやら、戦わずして貯水池に逃げ込んだらしい。全員いるのかわからないけど、複数の顔がとても悲しそうに浮かんでいるのが確認できた。

「あー、間違いないね。先頭にいるのがケポク族のリーダーのチチカカさんだよ」

僕に気づいたっぽいチチカカさんが、逃げろと合図を送ってくる。

でも、大丈夫。ゴブリンよりワイルドファングの方が数倍怖いんだからね。

それにしても、三メートルぐらいの土壁ではゴブリンに登られてしまうのか。ゴブリンは手足が小さいながらも器用に扱うからな。

「クロウ様、村に応援を呼びに行きましょうか」

「いや、これぐらいなら僕一人でも大丈夫だから、ジミーは周辺にゴブリンの仲間がいないかだけ確認してもらえるかな」

「それでは、周辺の確認は他の者にさせましょう。私はクロウ様のお近くで何か手助けを」

ジミーが目で合図を送ると、すぐに数名が確認しに動いていった。

ゴブリンぐらいなら僕一人で大丈夫なんだけど、ジミーは僕が土魔法で戦えるのを知らないんだっけ。

ゴブリンを子供である僕に任せて、自分だけ安全な場所にいることを良しとしなかったのだろう。ジミーらしいな。ポーション管理責任者へ、また一歩近づいたかもしれない。

「クロウ様、私も何かお手伝いをします」

マリカも手を挙げてくれたのだけど、ゴブリンが周辺にいる可能性を考えたら、近くにいてもらった方がいいね。

「じゃあ、二人とも僕の近くで錬成術を勉強するといいよ。いくよ」

「はい！」

「はいっ」

ゴブリンはまだこちらには気がついていない。つまり、先制攻撃のチャンスはこちらにある。

しかも魔法を錬成して使える僕は、わざわざ近づかなくてもいいので一方的に攻撃できてしまうのだ。

「錬成、アースニードル！」

ワイルドファング相手には力を込めすぎてグランドニードルになってしまったけど、僕だって学べる錬金術師なのだ。加減はわかっている。いけっ！

「ぎゃあああ！」

野菜にかぶりついていたゴブリンたちは、真後ろから突然隆起した土の棘に、あっさりお腹を貫かれてしまう。

いや、一体だけ野菜を取ろうと前に進み出たおかげで、奇跡的に助かったようだ。

「避けることも想定はしていたよ。たまたまだったみたいだけどね、錬成、空気砲！」

生き残ったゴブリンは、野菜をくわえたまま周囲を警戒する。

しかしながら、すでに攻撃魔法は錬成されたあと。

空気砲がゴブリンの頭に直撃し、その勢いのまま後ろに下がり棘に刺さった。

「が、がふっ……」

「す、すごいです」

「これは、普通の四大属性魔法使いと比べても何ら遜色がないのでは……」

ジミー、それは四大属性魔法使いに失礼だよ。

「これぐらいなら、少し練習したらすぐに二人も錬成できるようになるよ」

「今のを……ですか」

「わ、私も、もっと畑で特訓してみようかな」

そこへ、周辺を探索していた錬金術師たちが戻ってきた。近くにはゴブリンの姿は確認できなかったとのことで、とりあえずはひと安心だ。


「それじゃあ、川リザードマンを紹介するよ」

貯水池の小屋の前までたどり着くと、チチカカさんが満面の笑みで迎えてくれた。

「クロウ、おめぇ、本当にすんげー大魔法使いだっぺな。ゴブリンが来た時には、今年七回目の引っ越しを考えちまったべ」

おう、すでに六回も引っ越していたのか。

「怪我している人はいないかな？」

「大丈夫だべ。ゴブリンの気配を感じて、みんなすぐに隠れたっぺよ」

そんな自信満々に言われても困る。最初から戦う意思がなかったというのか。さすがは川リザードマン。争いごとを好まないというのは本当らしい。

「あ、あの、ご挨拶をよろしいですか？」

「新しい村人だっぺか？」

「うん、チチカカさんにも紹介しようと思ってね。彼らは僕と同じ錬金術師なんだ」

「クロウと同じ……錬金術師がこげにいっぱい！」

「あー、クロウ様の言葉には語弊《ごへい》があります。確かに我々は錬金術師なのですが、クロウ様のような天才ではございませんので」

「そ、そうけー。クロウと同じ大魔法使いがこげにいたらたまげっぺよ」

大魔法使いとか天才とか、そういうのは勘弁してほしいものだ。それにしても、土壁で覆っていれば安心だと思っていたのに、ゴブリン三体にあっさり制圧されてしまうようでは何とかしなくてはなるまい。

スチュアートに小さくてもいいから魔法石がないか聞いてみよう。ギガントでなくても普通のゴーレムぐらいなら助けになるだろうしね。

「クロウ、おらたちは助けてもらったのに魚を渡すことしかできねぇ。だば、川を使って荷物運びを手伝うのはできるっぺよ。この川は大きな街に繋がってるって聞いたっぺよ」

確かに、川を下っていけばマイダディのいる領都バーズガーデンだ。割れやすいポーション類や卵は、馬車での運搬に気を遣うため大変だとスチュアートが言っていた。

緩やかな流れのユーグリット川で運ぶなら確かにありがたい話なのかもしれない。それに、川リザードマンは川下りのエキスパートだった。

「よしっ、スチュアートを呼んでくる。チチカカさん、商談をしよう」

それから、スチュアートと川リザードマンとの間で物流に関する取り決めをした契約がまとまった。チチカカさんの希望で僕が間に入る三者間契約みたいな形になった。

ケポク族も商隊の護衛が付くのであれば、川下りはスペシャリストなので何も問題ないとのこと。むしろそれでお金がもらえることに、チチカカさんは困惑していた。それでも、お金で野菜が買えると知って喜んでいたのでたぶん大丈夫だと思う。

スチュアート的にも、馬車による荷運びに気を遣わなければならなかったポーションが、川下りのプロによって安全に運搬されるとあって感謝しかないとのこと。

双方共にウィンウィンな取り引きとなったようで、仲介した僕も嬉しい限りだ。

◇

さて、話は変わり、川リザードマンの集落に来たゴブリンについてなのだけど、魔の森とは反対方向、川の上流方面へ約十キロ行った所に集落を構えていることがわかった。

一応、ヨルドと、ネルサスが偵察に行ってくれており確認済みだ。

「ヨルド、ゴブリンの数はどのくらいかな？」

「外側から覗いただけなので詳細はわかりかねますが、集落の規模からして五十から百といったところでしょうか。武器も確認しています」

思っていたよりも結構な数がいるっぽい。しかも、川リザードマンの所まで来ていたということは、ネスト村も射程圏内に入っていてもおかしくない。

武器を使うゴブリンの集団が集落を築いてしまったか。さすが辺境の地、恐るべしだな。冒険者とかいないから魔物がすぐに湧いてしまうのだろう。

先ほど合流したオウル兄様が言う。

「魔の森に入る度胸はねぇけど、ユーグリット川沿いで水場は確保したいってとこだろうな。バーズガーデンに戻る前、最後の手伝いになるか」

「オウル兄様、よろしくお願いします」

村の防衛についても、もう少し手を入れた方がいいのかもしれない。脅威は魔の森だけではないのだから。

「クロウ一人の方があっさり倒しちまいそうだが、ローズのここでの最終訓練にしようと思ってる。

だから、今回はクロウの攻撃はなしにして守りに専念してくれ」

「了解しました。狩人チームはどうしましょう？」

「最初の攻撃と、逃げだそうとする奴らをお願いしたい。相手がゴブリンでも一応は実戦を積めるからな」

「はい、カリスキー頼むよ」

「はっ、お任せください！」

戦法としては、集落を囲い弓で先制攻撃。その後、オウル兄様とローズ、ヨルドの三名で突撃。逃げようとするゴブリンはネルサス、サイファ、狩人チームで討伐する。

そういえば、僕が作った武器のお披露目にもなるのか。少しは役に立ってくれたらいいな。

僕の役割を聞いたところ、集落を囲うように土壁で覆ってくれとのことだった。逃げだす者は許さないらしい。それは構わないんだけど、その内側で戦うオウル兄様にローズ、ヨルドも怖くはないのだろうか。自ら逃げ場のない場所に足を踏み入れるとか、僕にはとても考えられない。

ゴブリンだからといって油断はしないでもらいたいが、いざとなれば僕も助けに入れるように準備だけはしておこうと思う。

集落が見える位置にやって来たところで、オウル兄様が口にする。

「ん？　ゴブリンだけじゃねぇな」

「あれは紅いリザードマン……まさか、沼リザードマンでしょうか」

「なるほど、奴らがゴブリンを使役《しえき》してやがったのか」

集落では、沼リザードマンがゴブリンに命令をして働かせているように見える。ということは、彼らがゴブリンを偵察に向かわせていたのかもしれない。

この感じ、川リザードマンとは雲泥《うんでい》の差だね。近い種族だとは思うんだけど、川リザードマンと比べて明らかに体躯《たいく》も強靱《きょうじん》に見えるし、体は一回り以上大きくて強そうだ。

ゴブリン三体にも勝てないケポク族では話にならないよね。

方角的にもひょっとしたら、ここは沼地のリザードマン、ドフン族の集落なのかもしれない。

いや、ケポク族から奪った集落の跡地と言った方が正しいか。

「オウル兄様、作戦を変更しますか？」

「こうなると、話し合いをするべきなんだろうな。ゴブリンを使役するような奴らと仲良くできるとは思えんが……」

ゴブリンは他種族に無理やり子供を産ませるため、その数がなかなか減ることはない厄介な魔物だ。

「相手がリザードマンであるのなら、先制攻撃は中止した方がいいでしょう。話し合いをして、それでも難しい場合は戦闘開始ですかね」

「そうだな。クロウ、話し合いが失敗したら合図を送るから、すぐに集落を土壁で囲ってくれ」

「だ、大丈夫ですか？」

ゴブリンは約五十体で、沼リザードマンが三十体といったところ。相手の主力が沼リザードマンとなると、たった三名で本当に大丈夫なのだろうか……

「いや、リザードマン程度なら大丈夫だろう。良き隣人になるならいいが、ダメならダメで作戦はそのまま続行する。ローズ、相手は強くなるが気を抜くなよ」

「ええ、問題ありませんわ」

「ヨルドはローズのことを頼む」

「かしこまりました」

「それから、クロウ。危ないと思ったら躊躇《ちゅうちょ》せずに魔法を使ってくれ。場所的にグランドニードルは難しそうだがな」

「ですね……」

そう、沼地のリザードマンという名前の通り、この集落はほぼ全て沼地になっていた。こんな場所でグランドニードルを使っても、ただ泥でビシャビシャになるだけ。

錬成しても何の意味もないだろう。

くっ、僕の大好きな土魔法が使えないなんて……まぁ、それならそれでやりようはあるんだけど。

◆

ここは最近ケポク族から奪った、お気に入りの場所だ。

水場が近くにあり、泥を大量に作れる。俺、バルジオ率いる沼リザードマンにとって、泥浴びはとても大事なものだ。よくはわからんが、体温の調節から寄生虫対策にもなるらしい。

「ケポク族なんかにこの場所はもったいねぇ。まったく本当にいい場所を手に入れたぜ」

「バルジオの旦那《だんな》、ゴブリンたちがデカい街を発見したと言っておりやす」

「こんな場所にデカい街があるわけねぇだろ。どうせ小さい村か集落だろ」

「それが、広範囲を高い壁に覆われていて、中にも入れなかったらしいです。ただ、周辺にもう一つ良質な水場を発見したようで、そこでは川リザードマンを発見したとか」

「ほおー、良質な水場か。この場所とどっちがいいのか気になるな。そこを発見したゴブリンたちは？」

「すでに水場を制圧済みで、一匹が報告に戻ってきました」

「かぁー、相変わらず弱《よ》ぇーな。ゴブリンにあっさり制圧されちまうとか、生きてる意味あんのかよ」

沼リザードマンにとって、川リザードマンは許せない存在だ。奴らは戦うことは考えず、すぐに逃げるリザードマンの恥さらしだからだ。

あんな奴らと同類に見られたなら、沼リザードマンの面目にも関わる。魚しか食わねぇからそんな貧弱な体なんだよ。肉を食えってんだ。

あいつらを見ていると、無性にいじめたくなる。俺たちはあんな逃げ腰の弱《よ》ぇー種族なんかじゃない。あいつらは目障《めざわ》りなんだよ。性懲《しょうこ》りもなく、まだ近くにいるというなら次はねぇ。ぶっ殺してやろう。

「バルジオの旦那！　に、人間がやって来やした」

「ああ、人間だと？　つうことは、ゴブリンどもが発見したっていう村から来たのか。で、人数は？」

「女を含む三名っす」

「……たった三人とは舐められたものだな。ここへ案内させろ。それからすぐに周りを囲め、絶対に逃がすんじゃねぇぞ。女はゴブリンたちに渡すから間違っても殺すなよ」

「へいっ」

女か、ゴブリンの数を増やすいい機会になったな。新しい村が本当に見つかったというなら、適度に食い物とゴブリン用の女を略取するか。お隣同士仲良くしねぇとな。

「バルジオの旦那、連れてきやした」

「おう、入れ」

先頭で入ってきたのは、まだ大人になる前の人間だった。

こりゃ話にもならねぇな。

「失礼する。俺たちは南にある村から来たのだが、最近ゴブリンがうろちょろしてるようで様子を見に来たところだ」

「そうか、ゴブリンは俺たちの仲間だ。手を出したら許さねぇぞ」

「仲間ならしっかり躾《しつ》けとくんだな。村に無断で近づくなら容赦なく討伐させてもらう。その場合、無論、この集落も討伐の対象になると覚えておけ」

「はああ？　自分たちの立場がよくわかってねぇようだな。たった三人でここから無事に帰れるとでも思ってんのか？」

「ほう、どういうことだ？」

「殺されたくなければ、そこの女を置いていけ。そうすればお前らの命だけは助けてやろう。俺は気が短《みじけ》ぇーからよ。早くしねぇと、全員殺しちまうかもしれねぇなぁー」

「なるほど、わかりやすくて助かる」

「ああん？　舐めた口叩いてんじゃねぇぞ！　おいっ、お前ら、こいつらをやっちまいな！」

周りを囲ませていたゴブリンどもをけしかけてやる。

たった三人で来たことを後悔するんだな。

「こういう何も考えなくていい交渉は俺向きだ！　ヨルド、合図の矢を飛ばせ」

「了解しましたっ！」

すると、子供だと思っていた男と女は妙な魔法を使い始めた。

ちっ、こいつらスキル持ちか！

少し魔法が使えるからって調子に乗ってんじゃねぇぞ。そんなもん、腕力でねじ伏せてやる！

「悪いけどゴブリンを逃がすつもりはないわ。ここで会ったのが運の尽きね」

ちっ、スピードタイプか……

ったく、面倒くせぇーな。ゴブリンでは歯が立たねぇ。

仲間に指示を出しながら状況を確認するが、予想以上にこいつら強い。

くそっ、けしかけたゴブリンがあっという間に斬り刻まれていく。腕も確かだが、それよりもあの剣がやべぇな。

すぐに折れそうな薄い剣がとんでもねぇ斬れ味で、スパスパとゴブリンの手足を斬り飛ばしていく。

「おっ、お前ら逃げんな！」

ゴブリンども、勝ち目がないと理解したのか、逃げだしやがった。おめぇらがいなくなったら誰が雑用係やるんだよ。ったく、面倒くせぇな。

「余所見《よそみ》している暇があるとでも思ってるのか？」

こいつ、いつの間に俺の間合いに入ってきやがった⁉　やはりこの剣、相当やべぇ。受け止めただけで俺の剣にひびが入りやがった。

「なかなかやるじゃねぇかよ」

魔力を体にまとってスピードを上げているのか……

女の方も、もう一人のショートソードの奴も見た目とは違いかなりの強者だ。どんどん仲間を斬り伏していく。

ドァーン‼　ズドドドドドドド！

その時だった。

周囲から地響きが起こり、大きな縦揺れと共に、集落を囲うようにとんでもねぇ土壁がそびえ立った。

「な、な、何が起きている……」

逃げようとしたゴブリンが呆然と立ち尽くし、狙いすましたかのように矢が放たれ、次々に倒れていく。

これが魔法だとしたら、とんでもねぇ大魔法使いを敵に回したことになる。

ああ、これは勝ち目がねぇ……

◇

合図の矢が飛ぶのが見えたので、僕、クロウは作戦を決行する。やはり話し合いにはならなかったらしい。

「錬成、土壁！」

久し振りに土壁を造った気がする。つい気合いが入って、いつもより魔力を込めすぎてしまったかもしれない。

「全員、弓の準備を！」

カリスキーの言葉に狩人チームの面々が矢を番《つが》えていく。土壁を見上げるように呆然と立ち尽くすゴブリンはもはや的《まと》でしかない。

「射《う》てぇー！」

次々に倒れていくゴブリン。逃げ場はなく、壁上から一方的に攻撃され為《な》す術《すべ》もない。

続いて現れたのは、紅い体の沼リザードマンだ。

彼らも突然現れた土壁に驚いているが、それよりも身体補助魔法を使った二人の剣豪に恐れをなしていた。

「に、逃げられねぇ。お前ら、やるしかねぇぞ！」

沼リザードマンの男がオウル兄様と打ち合いながらも、周りに指示を出している。あれが、ここのボスなのだろう。他の沼リザードマンと比べても体がかなり大きい。

ひょろひょろの川リザードマンと比べると、とても同系統の種族とは思えない。がっしりとした体躯に武器を持ち、鎧《よろい》を着込んでいる姿はまさに戦士だ。腕周りもボコッと筋肉が盛り上がっているので、力があるのは間違いない。

「もろに戦闘民族って感じだよね」

「せ、戦闘民族ですか」

「カリスキー、弓は壁近くに来た者だけを狙うように」

乱戦になると弓は味方に当たる可能性もあるので危険だ。

「もちろんです！」

「あと、沼地を凍《こお》らせるから、足が抜けだせなくて動けなくなった奴から先に攻撃しちゃってくれる？」

「ええっ!?」

百聞《ひゃくぶん》は一見《いっけん》に如《し》かずか。ビシャビシャで土魔法が使えないのなら、その水分を凍らせてしまえば足ごと固まるのだよ。

「錬成、アイスフィールド！」

オウル兄様やローズを避けるようにして、壁際に近づいてきたゴブリンや沼リザードマンの足をガッチリとホールドしていく。

初めてやったにしては十分な成果だ。力の強そうな沼リザードマンでさえも抜けだせずにいるのだから。

「カリスキー、沼リザードマンを先に倒せ！」

「了解ですっ！　射《う》てぇー！」

それからは一方的だった。いつの間にやら狩人チームも弓が上達しているし、身体補助魔法を使ったオウル兄様とローズの敵ではなかった。

唯一、オウル兄様と渡り合っていた沼リザードマンのボスもすでに満身創痍《まんしんそうい》。左腕はスッパリと斬られており、すでに防御もままならない。

ゴブリンは全滅。残った沼リザードマンも十体程度。矢が刺さりまくって瀕死の状態だし、もはや戦意はない。

「まだやるか？」

「つく……俺たちの負けだ」

沼リザードマンのボスは悔しそうに言葉を吐き捨てる。

「クロウ、こいつらの扱いはどうする？」

傷だらけの沼リザードマン。こちらに牙を剥いてきた以上は、それなりの対処をするべきだとは思うんだけど、言葉が通じる相手だけに悩ましい。

これが、盗賊であったのなら気兼ねなく縛ってスチュアートに引き渡すのだろう。しかし、リザードマンという他種族にどこまで制裁を科すのが良いのか。

腕や足のない者も少なくない。Aランクポーションでも飲まない限り、欠損から回復して戦えるようになる者はいない。

僕は、片手を失って両膝をつく沼リザードマンのボスに声を掛ける。

「君がリーダーだね。名前は？」

「バ、バルジオだ」

「二度と歯向かわないと約束するなら、全員片腕のみ残して生き延びる道を与えよう」

「おいおい、助けるのかよ」

甘いと思われるかもしれないが、制圧し、無抵抗となった者を殺すということに迷いがあるのは事実だ。言葉が通じるというのもまた、それに拍車を掛ける。

「もちろんその場合、この場所よりも更に北へ行ってもらう。南下することは許可しないし、今後ゴブリンを使役することも許さない」

「迷うまでもねぇな。生き延びる可能性があるなら腕の一本ぐらいくれてやる。つか、俺の腕はすでにねぇけどな」

「もしも約束を破ったら、今度こそは全力で潰させてもらう。その時はもうチャンスはないよ」

「おいっ、おめぇら、すぐに腕を差し出せ！　ドフン族は今日から隻腕《せきわん》の一族だ」

オウル兄様が少し考える素振りをしながら話しかけてくる。

「クロウがそう判断したのなら俺は反対はしねぇ。だがな、コイツらを信用したりするなよ。武器や防具は全て回収させてもらうし、この集落は二度と棲めないように全て燃やす」

「はい、肝に銘じておきます」

彼らがこの先、たった十人で武器も防具もなく生き残ることができるのかはわからない。

そんなことは僕が考える必要もない。

「ぐぅああああっ！」

「ぬあぁぁ！」

「うおぉぉ、ぬんっ」

生き残った沼リザードマンたちの腕を斬り落とし、Bランク回復ポーションで傷口を塞いでいく。

いかに力の強い沼リザードマンといえど、これで戦力は半分以下になるはずだ。

不意に自問する。

なぜ逃がすのか。

僕は、ただ自分で手を下したくないだけだったのだろうか。

辺境の領主としてネスト村の安全を第一に考えるなら、この判断はありえない。彼らが改心する可能性がないわけではないが、限りなくゼロに近いだろう。

もちろん魔物だったら迷うこともなかった。魔物はある意味でわかりやすく敵意を剥き出しにして襲いかかってきてくれる。話し合いが通用しないからこそ、倒すという判断になる。

前世の記憶があるせいか、貴族らしくない判断になってしまったかな。

やはり僕に戦いは向いてない。

それでも、今回のことで辺境の領主として村の安全をしっかり考えていく必要が出てきたのは事実だ。

　そんなことを考えていたら、後ろからローズが僕を抱きしめてきた。

「ロ、ローズ!?」

「まったく、酷い顔ね。これじゃあ、どっちが勝ったのかわかったもんじゃないわ。でも、クロウのそういうところ、嫌いじゃないわ」

　もっと女の子らしい匂いとかだったら僕もドキッとするんだろうけど、ローズからはゴブリンや沼リザードマンを斬り刻んだ血の臭《にお》いしかしなかった。

◇

　沼リザードマンを逃がしてから数日が経った。今日は、スチュアートがバーズガーデンに向かう日だ。

　つまり、三ヶ月もの間を魔の森で魔物を狩ってきたオウル兄様がネスト村を出立するのだ。

「クロウ、元気でな。休みになったらまた来る」

「はい。騎士学校でも頑張ってください」

「俺にはクロウからもらった剣があるからな。これを持っていて誰にも負けられねぇよ」

「きゃう」

「ラヴィ、お前もしっかりクロウを守るんだぞ」

ラヴィは撫でられてまんざらでもなさそうだ。サヨナラだとわかっているのかはわからない。

僕の作った剣はゴブリンや沼リザードマンとの戦いで、その斬れ味を存分に見せてくれた。これがあればブラックバッファローとの戦いでも余裕だったとか言ってたけど、うーん、いや、あれは人で何とかなるレベルを超えていた気がする。

剣は魔力を流すことで斬れ味を維持できるので、ある程度長く使える代物のようだ。

「オウル兄様なら大丈夫でしょう。父上やホーク兄様にもよろしくお伝えください」

「ああ、わかった。では行ってくる」

開拓村の初期から手伝ってくれたオウル兄様がいなくなってしまうのは正直寂しい。

この三ケ月で魔の森は落ち着きを取り戻しているし、魔物の肉や素材、ラリバードの習性を発見してくれたことはネスト村の財産となっている。

オウル兄様がいなくなっても、もっとネスト村を発展できるように僕も頑張ろうと思う。

ちなみに、沼リザードマンたちは更に北へと向かったのか、その後の足どりは追えていない。

もしも、また僕たちの前に現れるというのなら、その時は覚悟を決めよう。できることなら二度と会いたくないものだけど。

「スチュアートも商売頑張ってね。ブラックバッファローの骨が売れることを期待してるよ」

「大丈夫でしょう。これは必ず売れますよ。それに今回からポーションはユーグリット川経由で運べますし、次回はもっとポーションの数を用意しておいてくださいね」

ポーションを積む予定だったスペースには、大量の骨粉が載せられている。骨がゴミにならないことを祈りたい。

それから、武器についてはモノがそれなりにヤバい感じだったので、商流に流すのはやめておくことにした。これもセバス経由でマイダディ案件だ。

「間もなく移民たちを乗せた馬車が到着するでしょうから、そちらの方もよろしくお願いします」

「うん、了解したよ。引き続き移民の募集をよろしくね」

「はい、お任せください」

移民のやって来る村では、畑やラリバードの飼育場が完成している。野菜、薬草、小麦、そしてラリバードがネスト村の基本セットだ。

錬金術師の数も増えてきたので、薬草の量はもう少し増やしてもいいかもしれない。ラリバードの数も増えてるからね。

基本に忠実にお金になる作物を育てる。そして、保存の利く小麦は必要な量を確保しつつ、厳選した美味しい野菜を収穫していく。まあ、小麦については、スチュアートからも買えるから必須ではないけどもね。

「スチュアート、あと魔石も忘れずに持ってきてよ」

「もちろんでございます。大きな魔石は難しいですが、お渡ししたサイズ程度の魔石ならいっぱい搔き集めてみせます」

「うん、それじゃあ気をつけて行ってらっしゃい。次は春になるのかな」

「そうですね。大勢のキャラバンで向かわせていただきます。それでは、私どももこれで」

荷物を積んだたくさんの馬車が出発していく。春にはこの馬車を倍に増やしてやって来るという。

冬の間はのんびりポーションを作り貯めしておこう。

ネスト村はこれから冬を迎える。移民の分も含め食料は十分な量を確保しているし、肉の保存もそれなりにできている。

それから、村周辺の警備をするゴーレムを錬成し、二十四時間体制で見守ってもらっている。

さすがに大きな魔石ではないのでギガントゴーレムではないけども、ワイルドファング程度なら少しの群れでも対処可能だ。ゴブリンなら瞬殺するだろう。

これは、ケポク族のいる貯水池にも数体派遣している。錬金術師が毎朝魔力を補充しに行っているので、こちらも二十四時間体制で楽園を見守っている。壁の大きさは強化したけど、彼らが最初に襲われる可能性が高い。

ネスト村の土壁は更に倍の高さになっている。貯水池よりも先にネスト村を攻めるとは考えづらい。川リザードマンが生《い》け贄《にえ》っぽくなってるけど、ちゃんと守ってあげるから心配しないでね。

ただ、ゴーレムも全自動で動けるわけではなく、監視カメラに近い。大量に何かが押し寄せてきたら、僕や担当する錬金術師たちに連絡が入る仕組みとなっている。魔石を通して敵勢力を確認したら、遠隔操作に移行する。魔石が目の代わりになっていると思ってもらえればわかりやすいか。

必ずしも勝つ必要はない。時間を稼いで戦っている間に、ギガントゴーレムや疾風の射手を派遣すればいい。

「あ、あのさ、ワグナー。ゴーレムにお供《そな》え物とかいいからね。もったいないし、ご利益とかないから」

「村を守ってくれているのですから、当然の行為でございます。村の者も感謝しているのです」

そう言われてしまうと、何も言えなくなる。

ちなみに、貯水池の楽園では採れたての川魚がお供えされているらしい。

担当するジミーからはゴーレムが魚臭《さかなくさ》いとクレームが入っているが、川リザードマンの厚意を無下にするのも何なので、とりあえず保留にすることにした。

何はともあれ、これからネスト村の開拓は本格的に始まっていくのだ。

僕の目指すスローライフには、まだまだ足りない物ばかり。

もっと美味しい料理を食べたいし、錬金術スキルを駆使して豊かな生活を実現させなければならない。

僕はそのためにこの場所に来たのだからね。

勇者召喚に巻き込まれて異世界転移した元サラリーマンの相良真一(シン)。彼が転移した先は異世界人の優れた能力を搾取するトンデモ国家だった。危険を感じたシンは早々に国外脱出を敢行し、他国の山村でスローライフをスタートする。そんなある日。彼は領主屋敷の離れに幽閉されている貴人と知り合う。これが頭がお花畑の困った王子様で、何故か懐かれてしまったシンはさあ大変。駄犬王子のお世話に奔走する羽目に!?

●ISBN 978-4-434-28668-1 ●定価:本体1200円+税 ●Illustration:万冬しま

●ISBN 978-4-434-28658-2　●定価:本体1200円+税　●Illustration:ふらすこ

この作品に対する皆様のご意見・ご感想をお待ちしております。

おハガキ・お手紙は以下の宛先にお送りください。

【宛先】

〒150-6008 東京都渋谷区恵比寿4-20-3 恵比寿ｶﾞｰﾃﾞﾝﾌﾟﾚｲｽﾀﾜｰ 8F
（株）アルファポリス　書籍感想係

メールフォームでのご意見・ご感想は右のＱＲコードから、
あるいは以下のワードで検索をかけてください。

アルファポリス　書籍の感想　検索

ご感想はこちらから

本書はWebサイト「アルファポリス」（https://www.alphapolis.co.jp/）に投稿されたものを、改稿、加筆のうえ、書籍化したものです。

不遇《ふぐう》スキルの錬金術師《れんきんじゅつし》、辺境《へんきょう》を開拓《かいたく》する

貴族《きぞく》の三男《さんなん》に転生《てんせい》したので、追《お》い出《だ》されないように領地経営《りょうちけいえい》してみた

つちねこ

2021年 3月31日初版発行

編集－芦田尚
編集長－太田鉄平
発行者－梶本雄介
発行所－株式会社アルファポリス
〒150-6008 東京都渋谷区恵比寿4-20-3 恵比寿ｶﾞｰﾃﾞﾝﾌﾟﾚｲｽﾀﾜｰ8F
TEL 03-6277-1601（営業） 03-6277-1602（編集）
URL https://www.alphapolis.co.jp/
発売元－株式会社星雲社（共同出版社・流通責任出版社）
〒112-0005東京都文京区水道1-3-30
TEL 03-3868-3275
装丁・本文イラスト－ぐりーんたぬき
装丁デザイン－AFTERGLOW
印刷－中央精版印刷株式会社

価格はカバーに表示されてあります。

落丁乱丁の場合はアルファポリスまでご連絡ください。

送料は小社負担でお取り替えします。


ISBN978-4-434-28659-9 C0093